Klarant Verlag

Jan Olsen ist das neue Pseudonym eines seit 1991 in verschiedenen Genres erfolgreichen Schriftstellers. Jan ist mit einer Hebamme verheiratet, hat drei inzwischen erwachsene Kinder und darf sich seit Kurzem auch Großvater nennen. Als Kind des Nordens ist er der Nordsee mit all ihren rauen und lieblichen Facetten besonders zugetan und ließ kaum eine Ferienzeit verstreichen, ohne diese Gestade mit seiner Familie zu besuchen. Auch heute noch stehen Ferien an der Nordsee jedes Jahr auf dem Programm. Seine Vorliebe für die Nordsee und die dort lebenden Menschen kann er in seinen Ostfrieslandkrimis nun nach Herzenslust ausleben.

Jan Olsen

Die Leiche in der Greetsieler Gracht

Ostfrieslandkrimi

Klarant Verlag

Kapitel 1

Das Ruderboot schwankte und knarzte, als Otto Eumer hineinkletterte. Breitbeinig fing er die Schaukelbewegungen des alten Holzkahns auf und setzte sich mit dem Rücken zum Bug auf die Ruderbank. Die Leine, die er vorher vom Steg losgemacht hatte, warf er vor sich auf das Trittbrett. Dann stieß er das Boot mit der Hand vom Steg weg.

Ottos Großvater hatte dieses Ruderboot einst angeschafft, und seitdem wurde es gepflegt und in Ehren gehalten. Jetzt gehörte es Otto, und jeden Morgen fuhr er damit zur Arbeit. Den Weg zur Hotelanlage am südlichen Zipfel von Greetsiel hätte er auch mit dem Fahrrad zurücklegen können, wegen der Grachten aber, über die keine Brücken führten, hätte er dafür einen weiten Umweg auf sich nehmen müssen. Außerdem liebte er es, sich am frühen Morgen in die Riemen zu legen, die Gracht bis zum Neuen Greetsieler Sieltief hinunterzurudern und deren Verlauf dann in südlicher Richtung zu folgen, bis er die Anlegestelle des Hotels *Friesenkrone* erreichte. Dort hatte der Hotelbetreiber ihm sogar einen Platz am Steg reservieren lassen, ein Entgegenkommen, das es Otto zusätzlich schmackhaft machen sollte, in der Hotelanlage als Küchenchef zu arbeiten. Ein ausgebildeter Koch würde in Greetsiel immer eine Anstellung finden, die Restaurant- und Hotelbesitzer waren fast schon panisch bestrebt, ihr Küchenpersonal zu halten, denn es war nicht immer ganz einfach, eine geeignete Belegschaft zu finden. Köche waren dabei besonders begehrt, denn die Beliebtheit eines Restaurants stand und fiel mit der Qualität des Küchenchefs.

Otto zog die Riemen unter der Sitzbank hervor, legte sie in die Dollen und tauchte die Ruderblätter in das kalte, dunkle Wasser der Gracht. Wegen der morgendlichen Frühjahrskälte hatte Otto eine Daunenjacke übergestreift; die feuchte Kühle kroch trotzdem unter seine Kleidung und legte sich klamm auf seine Gesichtshaut. Sobald er ein paar Ruderschläge getan hatte, würde ihm jedoch schnell warm werden.

Heute war das Wetter allerdings besonders garstig. Dichter Nebel hing über der Gracht. Das Friesenhaus, in dem die Eumers seit Generationen lebten, zeichnete sich in seiner Schlichtheit nur als Schemen hinter dem Dunst ab und die Schwaden krochen träge über das zur Gracht hin abschüssige Rasenstück hinweg.

Die Ufer links und rechts der Gracht waren mehr zu erahnen als wirklich auszumachen – für Otto stellte das kein Problem dar, denn er kannte die Strecke in- und auswendig. Wahrscheinlich hätte er den Verlauf der Wasserwege auch mit geschlossenen Augen abrudern und sicher am Ziel ankommen können, probiert hatte er es allerdings noch nicht.

Die Riemen knarrten als Otto sie durchs Wasser zog und so das Boot mit kräftigen Schlägen vorantrieb. Das Gluckern und Glucksen der aufgewühlten Oberfläche klangen im Nebel seltsam klar, und das Quietschen der Dollen hallte von den Häusern entlang der Gracht wider. Die wenigen beleuchteten Fenster, hinter denen die Bewohner ihren Tag einzuläuten begannen, wirkten anheimelnd, im Nebel aber auch irgendwie entrückt.

Nach einigen Metern ragten auf der rechten Uferseite nur mehr winterkahle Bäume mit ihren lichten Kronen aus den Nebelbänken; dahinter erstreckte sich einer der historischen Gulfhöfe, von denen es in Greetsiel einige gab. Wie der Körper einer riesigen Sphinx lauerte der Schatten des Gebäudes im nebligen Dunst. Otto fühlte sich ein wenig traumverloren, ein Zustand, der ihm allerdings sehr behagte und ihm dieses einzigartige Fischerdorf gemütlich und vertraut erscheinen ließ.

Das Boot nahm jetzt rasch Fahrt auf und Otto spürte, wie das Blut warm in seinem Körper zirkulierte und die Muskeln lebensfroh spielten. Diese Körperertüchtigung, während der Hin- und Rückfahrten, war Ottos einzige sportliche Betätigung und für ihn enorm wichtig, denn er war ein Koch, der während der Zubereitung der Speisen gerne probierte und kostete. Auch sonst aß er leidenschaftlich gerne, was sich in seiner Leibesfülle unverkennbar bemerkbar machte. Ohne die regelmäßigen Ruderfahrten würde er nur noch mehr aus dem Leim gehen, als es sowieso schon der Fall war. So aber bewahrte er sich unter den Fettschichten immerhin eine gewisse muskulöse Festigkeit, was ihn durchaus attraktiv erscheinen ließ, wie ihm etliche weibliche Hotelgäste im Laufe seiner Berufsjahre häufig versichert hatten.

So war es auch gestern geschehen. Die Frau, die ihn für seine Kochkünste gelobt hatte, als er sich einmal kurz im Speisesaal des Hotels hatte blicken lassen, nahm sich sogar heraus, seinen Oberarm beeindruckt zu drücken. Ihr Name lautete Anne, und sie war, wie Otto schätzte, etwa so alt wie er, nämlich um die dreißig. Sie reiste mit ihrer Freundin, wie er inzwischen erfahren hatte. Heute wollte er versuchen, ob er mit Anne womöglich anbandeln konnte. Es war schon einige Monate her, als er zuletzt mit einer Frau, die ihre Ferien in Greetsiel verlebte, eine Liaison angefangen hatte, und er fand, dass es Zeit war, mal wieder …

Otto wäre beinahe hintenüber von der Ruderbank gekippt, als das gleitende Vorankommen des Boots plötzlich abrupt unterbrochen wurde – und damit auch seine Gedanken. Mit dem Bug voran war er gegen ein Hindernis gestoßen. Etwas Großes trieb auf der Wasseroberfläche und hatte die Fahrt zum Erliegen gebracht. Jetzt driftete das Treibgut vom Boot weg, das sich langsam seitlich drehte.

Verärgert blickte sich Otto um, sah über die Schulter hinweg und versuchte das Etwas, mit dem er kollidiert war, zu identifizieren. Wahrscheinlich war ein abgestorbener Baum ins Wasser gefallen, oder jemand hatte einen Müllsack in die Gracht geworfen. So etwas war alles schon mal vorgekommen.

Otto verengte seine Augen, während er das Treibgut im Nebel anvisierte. Dabei bewegte er ein Ruder fächernd durchs Wasser und brachte das Boot näher an das Ärgernis heran, bis der Kahn längsseits lag. Vorsichtig, damit sein Gefährt nicht zu sehr schwankte, holte er den Riemen ein und beugte sich über die Bordkante. Er meinte, dunklen, wassergetränkten Baumwollstoff auszumachen, eine Jacke oder ein Pullover vielleicht. Dann fiel sein Blick auf schwarzes langes Haar, das wie Tang oder Algen um einen Hinterkopf herum im Wasser waberte.

Erschreckt wich er zurück und brachte das Boot dadurch heftig zum Schaukeln. In den Wellen, die dabei entstanden, bewegten sich die ausgestreckten Arme der Person, die bäuchlings im Wasser lag, als würde sie im Gleitflug die Flügel ausrichten.

Otto atmete hektisch, brachte dann all seinen Mut zusammen und beugte sich erneut vor. Zögernd griff er nach der Jacke, doch seine Hand zuckte zurück, als seine Finger unter dem Stoff einen Rücken berührten. Anhand der eher zierlichen Umrisse der Person glaubte er, es mit einer Frau zu tun zu haben. »Sie kann unmöglich noch am Leben sein«, flüsterte er rau. Trotzdem überwand er sich, packte das Haar am Hinterkopf und zog, bis das Gesicht aus dem Wasser ragte. Es war ein junges, hübsches Antlitz, soweit er es beurteilen konnte, denn Haare klebten darauf und die Haut wirkte leicht aufgedunsen und blass.

»Armes Ding«, murmelte er und ließ den Kopf ins Wasser zurückgleiten. Er wischte sich die Hand an seiner Daunenjacke trocken und fingerte sein Handy hervor. Seine Hände zitterten und so brauchte es mehrere Anläufe, bis er die Telefonnummer der Greetsieler Polizei gewählt hatte. Dabei hoffte er inständig, dass die Wache um diese frühe Morgenstunde bereits besetzt war.

»Polizei Greetsiel«, war eine freundliche Frauenstimme zu hören. »Sie sprechen mit Polizeiwachtmeister Alice Bergmann. Was kann ich für Sie tun?«

»Es … hier treibt eine Tote in der Greetsieler Gracht«, stammelte Otto.

Die Frau am anderen Ende der Verbindung blieb auffallend ruhig. »Von welcher der vielen Grachten sprechen Sie?«

»Die, die entlang des Gulfhofs verläuft«, antwortete Otto unbeholfen.

»Wie lautet Ihr Name?«, fragte Alice daraufhin unaufgeregt.

Otto sagte es ihr. »Ich wohne in einem Haus in der Kleinbahnstraße mit direktem Zugang zur Gracht«, fügte er hinzu. »Ich wollte mit dem Boot gerade zur Arbeit … und da … da fand ich sie.«

»Und Sie sind sich sicher, dass die Frau nicht mehr am Leben ist?«

»Die ist mausetot – ohne Zweifel. Wahrscheinlich treibt sie schon länger im Wasser.«

»Bleiben Sie bitte, wo Sie sind, Herr Eumer«, sagte Alice. »Die Polizei wird schnellstmöglich vor Ort sein.«

Otto ließ das Handy sinken. Beklommen schaute er den Rücken der im dunklen Grachtenwasser treibenden Toten und ihre zu den Seiten ausgebreiteten Arme an. »Ein ertrunkener Engel«, sagte er leise.

*

»Endlich zurück in Greetsiel!«, sagte Hauptkommissarin Ruth Fasan zu ihrem Ebenbild im Badezimmerspiegel.

Um Mitternacht war sie mit dem Auto aus Hamburg eingetroffen, wo sie ein paar Tage bei ihrer Tochter untergekommen war, um ihre ehemaligen Kollegen bei der Hamburger Kripo zu besuchen. Ruth hatte ihre alten Freundschaften und Kontakte in der Hansestadt ein wenig aufleben lassen wollen, damit diese nicht gänzlich im Sande verliefen und sie in Vergessenheit geriet, was in einer schnelllebigen Stadt wie Hamburg rasch geschehen konnte. Umso überraschter war

Ruth gewesen, als sie feststellte, dass sie vielen ihrer Kollegen in guter Erinnerung geblieben war. Ein paar ereignisreiche, gesellige Tage und Nächte lagen hinter ihr. Trotzdem war sie jetzt froh, der Großstadt mit ihrem hektischen Treiben wieder entronnen zu sein. Keine Sekunde lang hatte sie während ihres Hamburg-Besuchs ihren Entschluss bereut, in Greetsiel ein neues Leben zu beginnen. Fast zweieinhalb Jahre wohnte und arbeitete sie nun schon in diesem malerischen Fischerdorf, und es verging kein Tag, an dem sie sich nicht am Anblick des Krabbenkutterhafens, der verwinkelten Gassen mit den alten Friesenhäusern und den historischen Gebäuden erfreute.

All dies konnte Ruth ihrem Spiegelbild deutlich ansehen. Ihre herb-schönen Gesichtszüge, umgeben von dunkler Lockenpracht, die hellbraunen Augen … sie drückten tiefe Zufriedenheit mit sich und ihrem Leben aus, und dies, obwohl sie sich wegen der nächtlichen Autofahrt an diesem Morgen überhaupt nicht ausgeschlafen fühlte …

Und dann klingelte Ruths Handy und Alice Bergmann teilte ihr mit, dass in einer Greetsieler Gracht eine Frauenleiche gefunden wurde.

»Es tut mir leid, dass ich Ihnen am ersten Tag nach Ihrem Urlaub gleich mit einer solchen Meldung kommen muss«, schloss Alice ihren Bericht. »Aber …«

»Nichts aber«, unterbrach Ruth sie. »Geben Sie Hagen Reese Bescheid, und informieren Sie auch Doktor Fixlmillner in Emden.«

»Ist alles bereits geschehen.«

»Dann bis gleich.« Mit diesen Worten beendete Ruth das Telefonat, zog sich hastig an und eilte aus ihrem strohgedeckten Friesenhaus, um sich in ihren kirschroten VW up! zu schwingen. Knapp fünfzehn Minuten später stoppte sie den Wagen auf dem Parkplatz des Gulfhofs, von dem Alice gesprochen hatte. Dort stand auch bereits Alice' Streifenwagen.

Ruth stieg aus und eilte dem Lichtschein entgegen, der aus Richtung der Gracht zwischen den dunstumspielten Bäumen zu ihr herüber schien. Laute Stimmen waren zu hören.

Ruth ließ das riesig erscheinende Bauwerk mit seinem schmucken Vorbau und dem sich anschließenden Stallgebäude hinter sich, bahnte sich einen Weg durch das Gestrüpp zwischen den Bäumen und stieg die Uferböschung hinab.

Alice leuchtete mit einer Taschenlampe. Ein einfaches Ruderboot aus Holz war am Ufer zu sehen. Ein Mann beugte sich tief über die

Bordkante, sodass Wasser einzudringen drohte. Hagen Reese, der ebenfalls zugegen war, stand bis zur Hüfte im Nass und schob zusammen mit dem Mann im Boot eine leblose Gestalt aufs Ufer zu.

»Moin«, grüßte Ruth in die Runde und trat neben Alice. Die ein wenig pummelig erscheinende Streifenpolizistin, die mit ihren 1,63 Meter Körpergröße gerade eben die geforderte Mindestgröße für Polizeibeamte erreichte, leuchtete mit ihrer Stablampe umher, damit Ruth sich ein Bild von der Lage machen konnte. Der Widerschein ließ ihr rotbraunes Haar und ihre braunen Augen matt aufschimmern.

»Moin – schön, dass Sie wieder im Lande sind!«, rief Hagen gepresst herüber. Er schob seine Hände unter die Achseln der Toten und zerrte sie vornübergebeugt und rückwärtsgehend an Land. Wasser floss aus seiner Hose und den Schuhen. Er schnaufte und ächzte, denn es war nicht ganz einfach, den schlaffen, nassen Körper die Böschung hinaufzuziehen und dabei darauf zu achten, dass der Kopf der Toten nirgendwo anstieß und das Haar sich nicht in den Gräsern und dem Gestrüpp verfing.

Ruth half Hagen, die Frau auf den Boden zu legen. Das dunkle Haar lag jetzt quer über dem nassen Gesicht, und als Ruth es behutsam zur Seite schob, kam drunter ein Antlitz zum Vorschein, dem trotz der entstellenden Spuren des Todes und des langen Aufenthalts im Wasser anzusehen war, wie liebreizend es einst ausgesehen haben musste. Die triefendnasse Kleidung klebte wie eine zweite Haut an ihrem Körper und ließ erkennen, wie schlank und zierlich sie war.

»Sie kann kaum älter als dreiundzwanzig Jahre alt sein«, merkte Hagen mit rauer Stimme an.

Ruth hockte sich neben die Toten und tastete die Jacken- und Hosentaschen ab. Schließlich förderte sie ein durchweichtes Portemonnaie zutage. Darin befanden sich einige tropfnasse Geldscheine, eine Kontokarte und ein Ausweis.

»Meta Sasse«, las Ruth von dem Dokument ab, das Alice über ihre Schulter hinweg mit der Taschenlampe anleuchtete. »Sie stammt aus Aurich.« Ruth sah zu Hagen hoch. »Und Sie haben richtig geschätzt: Meta Sasse ist vorigen Monat dreiundzwanzig geworden.« Sie legte die Geldbörse bei Seite und fuhr mit der Durchsuchung der Kleidung fort. »Merkwürdig«, sagte sie schließlich. »Sie hat kein Handy bei sich. Das ist für eine Frau ihres Alters ungewöhnlich. Ein Smartphone gehört bei denen doch zur Grundausstattung.«

10

»Ihr Kopf«, sagte Hagen. Mit seiner kräftigen Statur und seinen dunkelblonden Haaren stand er schwer atmend da. Die Hitze seines Körpers ließ das Wasser, das seine Kleidung aufgesogen hatte, verdunsten, sodass Dampf kräuselnd an ihm emporstieg.

Ruth nickte. Ihr war ebenfalls aufgefallen, wie locker der Schädel am Hals herabgebaumelt war, als Hagen die Frau aus dem Wasser gezogen hatte. Sie umfasste Metas kalte Stirn mit Daumen und Mittelfinger und bewegte den Kopf sachte hin und her. Dabei war kaum ein Widerstand zu spüren.

»Genickbruch vermutlich«, konstatierte Ruth. Sie kam wieder auf die Beine. »Warten wir ab, was Doktor Fixlmillner dazu sagt.« Sie sah zu dem Mann im Ruderboot hinüber. Unschlüssig saß er auf der Ruderbank und starrte unbehaglich vor sich hin. »Wo genau haben Sie die Tote gefunden?«

Der Mann deutete mit vager Geste die Wasserstraße hinauf. »Sie dümpelte etwa fünf Meter entfernt in der Mitte der Gracht herum.« Fröstelnd zog er die Ärmel seiner Daunenjacke über die Handgelenke. »Das war vor etwa zwanzig Minuten.«

»Herr Eumer war auf dem Weg zur Arbeit«, rief Alice der Hauptkommissarin in Erinnerung, denn davon hatte sie ihr bereits am Telefon berichtet.

Ruth nickte verstehend: Der Mann hatte es eilig. »Kennen Sie diese Frau?«, fragte sie trotzdem und deutete auf die Tote.

Alice richtete den Lichtkegel ihrer Taschenlampe daraufhin auf das blasse Antlitz.

Otto blickte scheu und schüttelte dann den Kopf. »Nie gesehen«, sagte er einsilbig.

Ruth wartete einen Moment, aber der Koch schaute zur Seite weg aufs Wasser und schwieg. »Wenn Sie sich dazu in der Lage fühlen, dürfen Sie jetzt Ihrer Wege ziehen«, sagte Ruth. »Es sei denn, Sie benötigen …«

Otto winkte ab. »Schon gut. Ich bin okay.« Er brachte die Riemen in Position, wobei er sich allerdings ein wenig ungeschickt anstellte. Die Sache mit der Wasserleiche hatte ihn offensichtlich mehr zugesetzt, als er sich eingestehen wollte.

Das Boot entfernte sich vom Ufer, und bald wurden die Ruderschläge gleichmäßiger und kraftvoller.

»Der Fund dieser Leiche wird sich schnell herumsprechen«, prophezeite Ruth und seufzte. Sie hätte es lieber gesehen, wenn der

11

Koch geblieben wäre, um den psychologischen Beistand in Anspruch zu nehmen, den sie ihm gerne angeboten hätte.

Plötzlich wurden hinter ihnen Schritte laut. Jemand näherte sich und brach sich dabei durch das Gestrüpp unwirsch seine Bahn. »Darf ich mal fragen, was Sie auf meinem Grundstück zu suchen …« Der Mann blieb geschockt stehen, als er die im Gras liegende, leblose Frau bemerkte.

»Hauptkommissarin Ruth Fasan«, sagte Ruth und stellte dem Ankömmling dann auch Hagen und Alice vor. Der Mann trug robuste Arbeitskleidung und Gummistiefel. Das leicht gelichtete Haar war ein wenig in Unordnung geraten; ein Strohhalm steckte darin. »Und Sie sind?«, erkundigte sich Ruth.

Der Mann deutete mit dem Daumen hinter sich. »Mir gehört dieser Hof.« Unentwegt starrte er die Leiche an. »Diese Frau … ist sie etwa tot?«, fragte er unbehaglich.

»Kennen Sie sie?«, erwiderte Hagen.

Der Mann schüttelte den Kopf. »Ansgar Jassen«, sagte er jetzt. »So lautet mein Name. Das wollten Sie doch wissen.« Verstört sah er Ruth an. »Wie ist sie denn gestorben?«

»Das müssen wir erst noch herausfinden.«

»Sie haben sie aus dem Wasser gefischt, nicht wahr?« Ansgar Jassen deutete auf das niedergedrückte Gras am Ufer. »Also wird sie wohl ertrunken sein.«

»Dazu können wir zu diesem Zeitpunkt nichts sagen«, gab Ruth freundlich zurück. Dass sie einen Genickbruch festgestellt hatten, musste der Gutsbesitzer nicht wissen.

Ansgar furchte unwillig die Stirn. »Ich möchte, dass diese Tote schnellstmöglich von meinem Grundstück entfernt wird!«

»Der Rechtsmediziner müsste jeden Moment hier eintreffen«, erläuterte Ruth gelassen. »So lange werden Sie sich noch gedulden müssen.«

»Rechtsmediziner?« Ansgar sah die Polizisten der Reihe nach verständnislos an. »Liegt denn etwa ein Verbrechen vor?«

»Genau das soll Doktor Fixlmillner klären«, erläuterte Hagen.

»Dieses Vorgehen ist in einem Fall wie diesem vorgeschrieben«, fügte Ruth hinzu. »Und damit keine Spuren verfälscht werden, darf der Körper jetzt nicht mehr bewegt werden. Nicht, solange Doktor Fixlmillner ihn sich nicht gründlich angeschaut und sein Urteil gefällt hat.«

Ansgar rieb sich verärgert den Nacken. »Mussten Sie diese Tote denn ausgerechnet hier an Land ziehen? Das wird nur Gerede geben!«

»Sie müssen sich wohl oder übel mit den Tatsachen abfinden«, stellte Ruth klar. »Ich empfehle Ihnen, uns jetzt in Ruhe unsere Arbeit machen zu lassen. Dann sind Sie uns und die Leiche schnell wieder los.«

Ansgar verzog zerknirscht das Gesicht. Scheinwerferlicht fingerte durch die Bäume und strich über die am Ufer Stehenden hinweg. Ein Kleinwagen war auf den Parkplatz gerollt und stoppte neben Ruths VW.

»Noch mehr Publikum«, murrte Ansgar mürrisch.

»Das wird unser Rechtsmediziner sein«, sagte Ruth. »Bitte verlassen Sie diesen Uferbereich jetzt.«

Ansgar blies, ob dieser seines Erachtens ungeheuerlichen Bitte die Backen auf, stieß dann hörbar Luft aus. Anstatt etwas zu sagen, drehte er sich wütend um und stapfte davon.

Frank Fixlmillner grüßte den Gutsbesitzer höflich, als sich ihre Wege kreuzten. Aber Ansgar sah demonstrativ zur Seite weg und schnaufte aufgebracht.

*

»Welche Laus ist dem denn über die Leber gelaufen?«, fragte Frank Fixlmillner, während er auf seine Kollegen zutrat. Der fast zwei Meter große Mediziner zog wegen der herabhängenden Zweige den Kopf ein, als er zwischen den Bäumen hervorkam.

»Herr Jassen schätzt es ganz und gar nicht, wenn Leichen auf seinem Grundstück herumliegen«, scherzte Alice trocken. »Und noch viel weniger behagt es ihm, wenn Polizei anwesend ist und herauszufinden versucht, was es mit der Toten auf sich hat.«

Der Rechtsmediziner stellte seine Arzttasche neben der Leiche ab. »Halten Sie ihn darum für verdächtig?«, fragte er routiniert und kniete sich hin.

Ruth blinzelte indigniert. »Wie kommen Sie darauf, dass wir nach einem Verdächtigen Ausschau halten sollten?«

Frank hatte mit der Untersuchung begonnen, bewegte den Kopf der Toten prüfend, öffnete ihren Mund, leuchtete mit einer handlichen Stablampe hinein. »Weil diese Frau nicht ertrunken ist«, sagte er währenddessen. Er drückte auf den Brustkorb der Toten und hielt das Ohr über die Lippen. »Sie war bereits nicht mehr am Leben, als sie in die Gracht fiel oder geworfen wurde«, erläuterte er. »In ihre Lunge ist jedenfalls kaum Wasser eingedrungen, was im Fall des Ertrinkens jedoch unweigerlich hätte geschehen müssen.« Er nahm den Hals der Frau näher in Augenschein, strich das Haar aus dem Nacken und leuchtete mit der Taschenlampe. »Das Genick ist gebrochen, aber am Nacken sind keine Blessuren festzustellen, wie sie etwa bei einem Aufprall oder Schlag entstehen würden.«

»Und das bedeutet?«, fragte Hagen.

Frank sah zu den Kriminalisten auf. »Ihr wurde die Wirbelsäule gewaltsam gebrochen, wahrscheinlich, indem ihr Kopf abrupt und mit großer Kraft um mehr als fünfundvierzig Grad zur Seite gedreht wurde.«

»Also war es Mord«, konstatierte Alice.

Frank nickte bedächtig und besah sich die Handgelenke der Toten. »Ein Unfall kann es kaum gewesen sein. Es sieht ganz danach aus, dass sie …« Der Rechtsmediziner schien nach einem Wort zu suchen.

»Meta Sasse«, sagte Ruth daraufhin.

Frank deutete ein trauriges Lächeln an. »… dass Meta Sasse vorsätzlich getötet und dann in die Gracht geworfen wurde«, vervollständigte er. Langsam stand er auf. »Da die Leiche ihrem Zustand nach zu urteilen mehrere Stunden im Wasser gelegen haben muss, kann ich über den genauen Zeitpunkt ihres Ablebens erst nach einer näheren Untersuchung in der rechtsmedizinischen Abteilung eine exaktere Aussage treffen. Nach momentanem Wissensstand würde ich sagen, dass sie einige Stunden um Mitternacht herum ums Leben gekommen ist.«

»Gibt es Abwehrspuren?«, wollte Hagen wissen.

Frank zuckte mit den Schultern. »Mir sind bisher jedenfalls keine aufgefallen, was sich während einer späteren Untersuchung eventuell noch ändern könnte. Ich habe allerdings den Eindruck, dass kein Kampf stattgefunden hat.«

»Sie kannte den Täter also vermutlich und war arglos«, sagte Hagen.

Ruth wiegte den Kopf. »Oder sie wurde überrumpelt und alles ging viel zu schnell, um noch reagieren zu können.« Sie sah sich um. Das graue Licht des beginnenden Tages hatte die Umgebung ein wenig aufgehellt, sodass die Häuser auf der anderen Uferseite trotz des

Nebels recht gut auszumachen waren. Jedes der Grundstücke hatte freien Zugang zur Gracht, Badestellen oder Anleger für Boote schienen dabei zur Standardausstattung zu gehören. Es waren folglich genügend Möglichkeiten vorhanden, eine Leiche ins Wasser zu befördern. »Ich werde das gesamte Ufer dieser Gracht nach Spuren absuchen lassen«, entschied Ruth. »Eventuell finden wir die Stelle, wo Meta Sasse ins Wasser geworfen wurde. Eine Strömung existiert hier praktisch ja nicht, sie muss also ganz in der Nähe in die Gracht befördert worden sein.«

»Es sei denn, in der Nacht wurden die Schleusen geöffnet«, wandte Hagen ein. »Dann läuft das Wasser in den Grachten und Kanälen Richtung Sielzufluss ab. Dabei könnten durchaus Strömungen und ein gewisser Sog entstanden sein.«

Ruth nickte. An diese Möglichkeit hatte sie nicht gedacht. »Das muss also noch abgeklärt werden.«

Alice hob kurz eine Hand, um der Hauptkommissarin zu bedeuten, dass sie sich darum kümmern würde.

Hagen richtete den Blick auf die Tote. »Was sie wohl in Greetsiel wollte?«, fragte er.

»Sie stammt aus Aurich«, sagte Alice. »Das ist nicht allzu weit entfernt. Trotzdem werde ich versuchen herauszufinden, ob Meta in Greetsiel eine Unterkunft hatte.«

Hagen machte einen schmalen Mund. »Wir müssen ihre Eltern informieren.«

Ruth holte ihr Handy hervor, öffnete einen Browser und gab die ihnen bekannten Daten des Opfers ein. Es dauerte nur wenige Augenblicke, da hatte sie herausgefunden, dass Meta Sasse bei ihren Eltern Ines und Leo gewohnt hatte. Sie wählte den Hausanschluss der Familie an, legte allerdings sogleich wieder auf, als sich eine Frau mit: »Moin, Ines Sasse hier«, meldete.

»Die Mutter ist zu Hause«, sagte Ruth zu ihrem Partner. »Wir fahren hin und sprechen mit ihr.« Ruth musste an Clarissa, ihre Tochter, denken. »Ich kann mir nichts Schlimmeres vorstellen, als am Telefon vom Tod des eigenen Kindes zu erfahren. Wir werden es also auf die altmodische Art während eines persönlichen Gesprächs tun.«

Hagen nickte verstehend. »Am besten, wir brechen sofort auf. Sonst erfahren die Eltern womöglich durch sich verbreitende Gerüchte von dieser tragischen Sache.«

Ruth verstaute ihr Smartphone. »Wir brechen auf, nachdem wir den Bestatter informiert haben. Er soll sich um die Überführung der Leiche nach Emden kümmern ... und dann müssen wir Ansgar Jessen auch noch klarmachen, dass sich Kollegen der Spurensicherung auf seinem Grundstück gründlich umsehen werden.«

*

Die Fahrt nach Aurich dauerte knapp vierzig Minuten. Hagen, der am Steuer des zivilen Einsatzwagens saß, reizte die Geschwindigkeitsbeschränkungen dabei bis zur äußersten Toleranzgrenze aus und nahm die Kurven, ohne den Fuß vom Gas zu nehmen. Dies tat er nicht nur, um keine Zeit zu verlieren, sondern auch, weil ihm die sportliche Fahrweise mit dem BMW besonders viel Spaß machte.

Hagens Verhalten am Steuer zeigte Ruth einmal mehr, wie heißblütig und kindlich ihr junger Kollege teilweise noch war. Aber sie beschwerte sich nicht, denn Hagen hielt sich an die Verkehrsregeln, und Zeit wollte sie auch nicht verplempern, denn es gab noch eine Menge für sie zu tun, wenn sie dem Mörder keine Gelegenheit geben wollten, inzwischen irgendwelche Spuren zu beseitigen oder gar das Weite zu suchen.

Für den Besuch bei den Sasses wollte sie sich trotzdem Zeit nehmen. Während der Fahrt spielte sie in Gedanken mehrmals durch, was sie und vor allem wie sie sagen sollte, was sie den Eltern Trauriges mitzuteilen hatte. Obwohl Ruth derartig schmerzliche Nachrichten Hinterbliebenen schon oft hatte überbringen müssen, hatte sie sich daran nicht gewöhnen können. Stets kam es ihr wie das erste Mal vor.

Die Familie wohnte im Stadtteil Extum in der Extumer Gaste. Ein- und Zweifamilienhäuser bestimmt das Straßenbild. Die roten Backsteinhäuser mussten bereits etliche Jahrzehnte alt sein und wurden wahrscheinlich bereits in zweiter Generation bewohnt. Es war acht Uhr morgens, und in den Straßen herrschte kaum noch Verkehr, denn die meisten Werktätigen waren bereits zu ihren Arbeitsstätten aufgebrochen und die Kinder waren entweder in der Schule oder im Kindergarten. Es herrschte eine eher beschauliche, ruhige Atmosphäre, wie sie für diese kleinstädtischen ostfriesischen Gemeinden typisch war.

Hagen stoppte den BMW in der Grundstückseinfahrt. Das breite Tor der Garage stand offen, zwei Autos parkten darin.

»Es scheint, dass beide Elternteile zu Hause sind«, stellte Hagen fest und schaltete den Motor ab.

Während Ruth und Hagen ausstiegen, wurde die Haustür aufgestoßen und ein wild mit den Armen fuchtelnder Mann eilte die Stufen hinab. »Was fällt Ihnen ein?«, rief er erzürnt. Sein schütteres Haar wehte unvorteilhaft im Wind, der um die Häuserecken strich. »Sie verstellen meiner Frau die Einfahrt!«

Ruth zückte ihren Dienstausweis und hielt ihn dem Mann entgegen, der daraufhin perplex stehen blieb. Dann sagte sie ihren Standardspruch auf. Sie bedauerte, sich auf diese förmliche Art vorstellen zu müssen, aber die Situation ließ ihr keine Wahl. Allerdings kam sie nicht dazu, hinzuzufügen, dass sie aus Greetsiel kamen, der Mann machte sich nämlich nicht einmal die Mühe, das ihm entgegengehaltene Dokument genauer in Augenschein zu nehmen.

»Kripo?«, fiel er Ruth entgeistert ins Wort. »Was hat das zu bedeuten?«

»Sie sind Leo Sasse?«, fragte Ruth und verstaute ihren Ausweis in der Jackentasche.

»Der bin ich – allerdings!« Ein aggressiver Ton schwang nach wie vor in seiner Stimme mit. »Ich will jetzt endlich wissen, was Ihr Auftritt zu bedeuten hat! Was will die Polizei von mir?«

Eine Frau, die Ruth auf Anfang vierzig schätzte, war in der Türöffnung erschienen. Ihre elegante, förmliche Kleidung ließ vermuten, dass sie sich für einen Arbeitstag in einem Büro oder Studio zurechtgemacht hatte, während Leo deutlich legerere Freizeitkleidung trug.

»Polizei?«, hörte Ruth sie mit tonloser Stimme sagen. Sie legte eine Hand auf ihr Brustbein. »Ist etwas mit Meta?«, fragte sie mit aufkeimender Sorge.

Leo drehte sich unwirsch zu ihr um. »Wie kommst du denn darauf?«, fragte er aufgebracht.

»Weil ich vorhin versucht habe, sie über Handy zu erreichen. Aber sie hatte es wohl abgeschaltet!«

Leo winkte ab. »Das muss nichts bedeuten.«

»Warum gehen wir nicht rein?«, schlug Ruth vor.

»Ich denke gar nicht daran!« Leo stemmte die Hände in die Hüften. Er war kein Freund der Polizei, das war unverkennbar.

»Es ist dringend und wir haben nicht viel Zeit«, sagte Ruth streng. Keine der einfühlsamen Wörter, die sie sich zur Begrüßung zurechtgelegt hatte, würde sie jetzt noch anbringen können, und das verstimmte sie.

»Es geht sehr wohl um Meta, habe ich recht?« Ines war merklich blasser im Gesicht geworden. Fahrig bedeutete sie den Kriminalisten, ins Haus zu kommen. Aber Leo dachte nicht daran, den Weg freizumachen. Breitbeinig stand er da und starrte angriffslustig.

»Sie sollten besser auf Ihre Frau hören«, sagte Hagen. »Was wir Ihnen mitzuteilen haben, möchten Sie ganz bestimmt nicht hier draußen im Vorgarten gesagt bekommen.«

Leo sah ihn bestürzt an, wirkte jetzt regelrecht verunsichert. Er ließ es geschehen, dass Ruth und Hagen sich an ihm vorbeischoben. Wie benommen trottete er hinter ihnen her auf das Haus zu. Leise, als befürchtete er, jemanden aufzuschrecken, drückte er die Tür hinter sich ins Schloss.

*

Das Ehepaar saß den Kriminalisten auf einer Couch gegenüber, die mit vielen Kissen und Wolldecken ausgestattet zum gemütlichen Fläzen vor dem Fernseher einluden. Ruth und Hagen hatten jeweils einen Stuhl vom Esstisch hergeholt und darauf Platz genommen. Steif und förmlich saßen sie da, während das Paar ihnen angespannt lauschte.

Ruth sprach mit getragener Stimme und musste dabei beobachten, wie Metas Eltern immer mehr in sich zusammensanken. Sie fand nun doch noch Gelegenheit, ihre zurechtgelegten Wörter anzubringen. Sie tat es mit viel Mitgefühl und Empathie. Dennoch wirkten Ines und Leo am Ende, als wäre ihnen jeder Lebensmut genommen worden, als hätte Ruth ihnen mit der Holzhammermethode vom Tod ihrer Tochter berichtet und davon, dass der Verdacht im Raum stand, sie könnte ermordet worden sein. Die schonende Darstellung hatte den Inhalt der Nachricht kaum abmildern können.

Ruth und Hagen schwiegen eine Weile. In Ines Augen schwammen Tränen; sie weinte leise und ohne, dass ihr Gesicht verkrampfte.

Dabei blickte sie ebenso unbeseelt vor sich hin wie Leo, der weit zurückgelehnt dasaß und die Hände zwischen die Oberschenkel gepresst hatte.

»Wurde … wurde sie … ist ihr etwas angetan worden?«, fragte Ines.

Ruth wusste, worauf Ines anspielte. »Derzeit deutet nichts darauf hin, dass ihr auf diese Art Gewalt angetan wurde.«

»Wenigstens das blieb ihr erspart«, sagte Leo rau.

Plötzlich ruckte Ines Kopf zu ihrem Mann herum. Wut funkelte in ihren Augen. »Das ist alles nur deine Schuld!«, presste sie anklagend hervor. »Du hast Meta immer darin bestärkt, dieses alberne Hobby zu vertiefen. Und jetzt … jetzt ist sie tot!«

Leo wich dem Blick seiner Frau aus. »Du bist ungerecht. Meta hätte sowieso getan, wonach ihr der Sinn steht. Ich wollte es ihr nur nicht so schwer machen.«

Ines setzte sich kerzengerade auf. »Sie hätte ihr Studium nicht abbrechen dürfen. Denn dann wäre sie jetzt noch am Leben! Aber du musstest sie ja auch noch nach Greetsiel fahren …« Sie brach ab, schlug die Hände vors Gesicht und schluchzte. All die Gefühle, die sie vorher hinter einer starren Maske verborgen hatte, brachen sich jetzt ungehemmt Bahn. Sie beugte sich vor, und ihr ganzer Leib bebte und zitterte, während sie ihrer Trauer freien Lauf ließ.

Leo wollte ihr tröstend eine Hand auf den Rücken legen, zog sie jedoch sogleich wieder zurück, als Ines wie unter einem Stromstoß zur Seite auswich und schrie.

Leo machte eine hilflose Geste. Es war ihm anzusehen, wie sehr er sich abmühte, stark zu sein, als fühlte er sich aufgefordert, einen ruhenden Gegenpol zu Ines zu bilden, die vollkommen die Kontenance verloren hatte.

Ruth hätte dem Paar gerne noch mehr Zeit gelassen, die schlimme Nachricht zu verarbeiten. Aber es galt, einen Mord aufzuklären, und da Leo momentan am zugänglichsten erschien, obwohl er ihnen gegenüber vorher so ablehnend aufgetreten war, richtete sie sich an ihn. »Wir müssen Ihnen leider ein paar Fragen stellen. Das ist unerlässlich.«

Leo nickte gefasst. »Schießen Sie los«, sagte er und schob die Hände erneut zwischen seine Oberschenkel.

»Zuerst einmal möchten wir wissen, aus welchem Grund Meta sich in Greetsiel aufgehalten hat«, brachte sich Hagen ein. Die

Anspielungen des Paares zu diesem Sachverhalt waren bisher wenig erhellend gewesen. Aufmerksam hatte Hagen seine Chefin beobachtet und sich zurückgehalten, aus Scheu, ein falsches Wort von seiner Seite könnte das Ehepaar in ihren Gefühlen verletzen und seelischen Schaden anrichten. Nun aber hatte er Mut gefasst und gab seinem Ehrgeiz nach, sich an dem Gespräch zu beteiligen.

»Meta … sie ist … sie war eine talentierte Jongleurin«, sagte Leo. Ein wehmütiges Lächeln huschte über sein Gesicht. »Feuer … das war ihr Ding. Sie jonglierte mit Feuer. Zuerst war es nur ein Hobby. Es begann mit einer Jongliergruppe in der Schule. Als diese sich irgendwann auflöste, machte sie allein weiter. Sie übte fast jeden Tag, war wie besessen …« Mit den Handballen wischte sich Leo die Augen und steckte die Hände erneut zwischen seine Beine. »Meta trat auf Straßenfesten auf, und es dauerte nicht lange und sie wurde gebucht. Geburtstage, Stadtfeste … sie hatte richtig viel zu tun und verdiente eigenes Geld.«

»Wir hätten es ihr verbieten sollen!«, schrie Ines in ihre vors Gesicht gehaltenen Hände.

»Meta hätte trotzdem weitergemacht«, war Leo überzeugt. »Nur eben ohne unseren Segen.«

Ines richtete den Oberkörper auf, ließ die Hände sinken. »Du warst zu schwach, um dich gegen unsere Tochter durchzusetzen!«

»Ich habe getan, was jeder gute Vater getan hätte: sein Kind in dem bestärken, was es sich zum Ziel gesetzt hat!«

»Sie hätte Medienwissenschaften studieren sollen, wie ich es getan habe!«

Ruth hob beschwichtigend die Hände. »Was ist nun mit Greetsiel?« Sie sah Leo an. »Sie haben sie hingefahren. War dort eventuell ein Auftritt geplant gewesen?«

»Sie wissen es nicht?«, fuhr Ines sie ungläubig an. »In Greetsiel findet ein Wettstreit der Straßenkünstler statt. Darüber muss die Polizei doch informiert sein.«

»Um solche Angelegenheiten kümmern sich der Fremdenverkehrsverein und unsere Streifenpolizistin«, erläuterte Hagen. »Ihre Tochter mit dieser Veranstaltung in Zusammenhang zu bringen war nicht naheliegend.«

»Dieser Wettstreit soll an mehreren Tagen abgehalten werden«, sagte Leo. »Meta hatte sich viel davon versprochen. Der Gewinner erhält ein hohes Preisgeld. Die Rede war von mehreren Tausend

Euro. Ganz zu schweigen von dem Prestige; Metas Bekanntheit wäre rasant gestiegen, wenn … wenn …« Leos Lippen bebten, er war unfähig weiterzusprechen.

»Das Ganze ist ein Hirngespinst gewesen«, ereiferte sich Ines. »Dafür ein Studium hinzuschmeißen, ist doch Irrsinn!«

»Damit tust du allen Straßenkünstlern unrecht, die von ihrem Talent und ihren Fertigkeiten leben. Es ist keine Schande, diesen Beruf auszuüben.«

Ines schnaufte verächtlich. »Klar, dass jemand wie du so etwas sagt.« Sie wandte sich den Kriminalisten zu. »Mein Mann ist Schauspieler, müssen Sie wissen. Er tritt auf kleinen Bühnen in Ostfriesland auf. Eine Familie ernähren könnte er nicht. Dafür braucht er eine starke gut verdienende Frau wie mich an seiner Seite. Und Meta … sie sollte auch so eine Frau werden. Jemand, der genug Geld verdient, um unabhängig von anderen zu sein.«

»Das hätte sie als Feuerjongleurin bestimmt geschafft!«, war Leo überzeugt.

Ines winkte unwirsch ab. »So was zu glauben, ist naiv. Meta hätte irgendwann eine genauso lächerliche Figur abgegeben wie dieser Deichgraf, über den sie immer hergezogen ist. Und jetzt hat einer deiner ehrbaren Straßenkünstler unsere Tochter wahrscheinlich sogar umgebracht!«

»Das kannst du gar nicht wissen!«

»Ach ja? Wer soll es denn sonst getan haben? Ihr Freund Torben etwa? Mit dem hat sie sich einen genauso durchsetzungsschwachen Kerl angelacht, wie du einer bist!«

Entrüstet sah Leo seine Frau an. »Wie sprichst du überhaupt von unserer Tochter? Sie ist tot – begreifst du das denn nicht?«

Ines schoss vom Sofa hoch. Es war, als wäre die Trauer plötzlich von ihr abgefallen. »Ich begreife sehr wohl, dass sie noch am Leben wäre, wenn sie mehr nach ihrer Mutter gekommen wäre als nach ihrem Vater!« Sie stieg über die Füße ihres Mannes hinweg und verließ wütend den Raum. Kurz darauf war das Zuschlagen einer Zimmertür zu hören.

In einer Mischung aus Bedauern und Nachsicht verzog Leo das Gesicht. »Sie ist nicht sie selbst«, sagte er unbeholfen. »Das Ganze nimmt sie sehr mit.«

»Was nur zu verständlich ist.« Ruth beugte sich vor. »Wann haben Sie Ihre Tochter denn nun nach Greetsiel gefahren?«, kehrte sie zur Befragung zurück.

»Gestern. Um zwei Uhr mittags trafen wir bei dem Ferienhaus ein, das der Veranstalter für die Teilnehmer des Wettstreits gemietet hatte.«

Hagen ließ sich die Adresse nennen und gab sie in das Notizbuch seines Handys ein. »Das ist ganz in der Nähe der Gracht, in der die Leiche gefunden wurde«, merkte er an.

Leo musste hart schlucken. Das Erschrecken über den Tod seiner Tochter überfiel ihn aufs Neue.

»Fahren Sie bitte fort«, forderte Ruth ihn freundlich auf.

Leo rieb mit der Hand über sein Gesicht. »Ich habe Meta bei diesem Haus abgesetzt, ihr viel Glück gewünscht, und bin zurück nach Aurich gefahren.« Er zuckte mit den Schultern. »Ich hatte eine Theaterprobe und musste schnell wieder weg. Heute wäre ich nach Greetsiel gekommen, um den Straßenkünstlern zuzuschauen.« Er blickte zur Tür, durch die Ines verschwunden war. »Wahrscheinlich wäre ich allein ohne meine Frau gefahren. Sie haben ja selbst erlebt, was sie von Straßenkünstlern und Schauspielern hält.«

»Hatte Meta in letzter Zeit Streit mit jemanden gehabt?«, erkundigte sich Hagen.

Leo sah ihn stirnrunzelnd an. »Sie meinen mit jemanden, der sie dann später in Greetsiel ermordet hat?« Er schüttelte den Kopf. »Meta war in ihrem Freundeskreis sehr beliebt.« Er hob eine Schulter. »Mit Torben hat es manchmal Zoff gegeben. Aber das waren die üblichen Zankereien von zwei Menschen, die in Liebesangelegenheiten noch keine Erfahrung haben. Außerdem ist Torben ein friedliebender Zeitgenosse. Ich halte es für ausgeschlossen, dass er Meta etwas angetan haben könnte.«

»Wo hält sich dieser Torben zurzeit auf?«, wollte Hagen wissen.

»Das weiß ich nicht. Sie hatten kürzlich mal wieder Meinungsverschiedenheiten. Meta brauchte Abstand, seitdem ist er hier nicht noch einmal aufgetaucht.«

Hagen erkundigte sich nach dem vollen Namen des jungen Mannes und seinen Wohnsitz und schrieb alles in das elektronische Notizbuch seines Handys.

»Wie sieht es mit Mitgliedern der Straßenkünstlerszene aus?«, fuhr Ruth dann mit der Befragung fort. »Lag Meta mit einem von ihnen womöglich im Clinch – mit diesem Deichgrafen zum Beispiel, den Ihre Frau vorhin erwähnt hatte?«

Leo beugte sich nun ebenfalls vor, stützte die Unterarme auf den Oberschenkeln ab und machte ein konzentriertes Gesicht. »Ich habe diese jungen Leute gestern erlebt, als ich Meta beim Ferienhaus abgesetzt habe«, sagte er nachdenklich. »Meta wurde herzlich empfangen, es herrschte eine freundliche kollegiale Stimmung. Sie sollten im Wettstreit gegeneinander antreten – aber davon war eigentlich nichts zu merken.«

»Und dieser Deichgraf?«

Leo winkte ab. »Das ist nur so eine kuriose Gestalt unter den Straßenkünstlern. Ein Kerl, der verkleidet auftritt und krude daherredet. Mit seinen Darbietungen stößt er die Passanten aber mehr vor den Kopf als sie zu unterhalten. Ich habe ihn auf dem Auricher Marktplatz einmal erlebt und war auch nicht besonders angetan.« Leo faltete die Hände. »Der Deichgraf hatte sich nicht für diesen Wettkampf angemeldet, hat Meta mir erzählt. Bestimmt wäre er bei der Vorentscheidung auch durchgefallen.«

»Hatte Ihre Tochter sich mit dem Deichgrafen denn nun gestritten?«, fragte Hagen nach.

Leo schüttelte den Kopf. »Sie kennt diesen Künstler nicht persönlich. Er ist auf der Szene nur allgemein unbeliebt – das ist alles.«

»Verstehe.« Ruth stand auf. »Wir würden uns gerne im Zimmer Ihrer Tochter umsehen, wenn Sie nichts dagegen haben.«

»Selbstverständlich.« Leo erhob sich ebenfalls. »Ich zeige es ihnen«, sagte er und schritt auf die Wohnzimmertür zu. »Folgen Sie mir bitte.«

*

Die Besichtigung des Zimmers verschaffte Ruth und Hagen eine ungefähre Vorstellung von Metas Persönlichkeit. Der Raum war mit den typischen Zutaten eines jungen, hoffnungsvollen Menschen ausgestattet, der sich seine Zukunft in rosigen Farben ausmalte. Plakate von Charly Chaplin und anderen Ikonen des urbanen Straßenlebens hingen an den Wänden. Jonglierutensilien wie Bälle, Keulen und Hula-Hoop-Reifen gab es zuhauf und in jeder erdenklichen Farbe. Sogar Pyrotechnik und Petroleum lag in den

Regalen, und im Kleiderschrank reihten sich extravagante Kostüme auf den Bügeln, die Meta während ihrer Darbietungen getragen hatte.

Meta war eine lebensfrohe Person gewesen, die den Mut hatte, ihren Traum zu leben, soviel stand fest.

Mit diesem Eindruck verabschiedeten sich die Kriminalisten von Leo Sasse. Ines ließ sich nicht mehr blicken, und so verließen Ruth und Hagen das Haus, ohne ihr noch einmal Mut zusprechen zu können.

Auf dem Weg zum zivilen Einsatzwagen drehte Hagen sich zum Haus um, und weil sein Blick dort länger verharrte, tat Ruth es ihm gleich. Arm in Arm stand das Ehepaar am Küchenfenster und sah ihnen nach. Ines barg ihr Gesicht an Leos Schulter und er umfasste zärtlich ihren Hinterkopf und fuhr mit den Fingern durch ihr Haar.

»Offenbar ist zwischen ihnen jetzt alles wieder gut«, stellte Hagen erleichtert fest und entriegelte per Fernbedienung die Wagentüren. »Dabei hatte es für mich so ausgesehen, als hätte Metas Tod für ein Zerwürfnis zwischen ihnen gesorgt.«

»Wenn es um das Wohl ihrer eigenen Kinder geht, verhalten sich Eltern oft irrational«, erklärte Ruth. »Und erst recht, wenn sie vom Tod eines geliebten Sprosses erfahren. Das kehrt Charakterzüge hervor, die im normalen Alltag nicht oder kaum zum Tragen kommen, aber latent vorhanden sind.«

»Sie meinen, sie zeigen dann ihr wahres Gesicht?«

Ruth schüttelte den Kopf. »Sie offenbaren nur, was unter Alltäglichem üblicherweise verborgen liegt und von dem sie sich unter normalen Umständen nicht beherrschen lassen würden. Das habe ich in solchen Situationen schon oft erlebt.«

»Man erfährt dann also über diese Menschen Dinge, die bei den Ermittlungen eventuell hilfreich sein könnten?«, fragte Hagen.

Ruth zog die Beifahrertür auf. »Was davon nützlich sein kann und was nicht, muss man von Fall zu Fall jedes Mal aufs Neue beurteilen«, sagte sie und stieg ein.

»Ich bin jedenfalls froh, dass Ines und Leo füreinander da sind, obwohl es vorhin so ausgesehen hatte, dass sie nur noch streiten würden.« Hagen setzte sich auf dem Fahrersitz zurecht, schnallte sich an und startete den Motor. Rückwärts fuhr er aus der Einfahrt. Er seufzte schwer. »Sie tun mir leid.«

Wenige Minuten später erreichten sie die Landstraße. Ruth nahm ihr Handy und wählte die Nummer von Max Engel, dem Chef der

Emder Spurensicherung. Die Kollegen waren seit einer halben Stunde in Greetsiel eingetroffen und suchten die Ufer der Gracht nach Spuren ab, erfuhr sie nun.

»Konzentrieren Sie sich auf das Grundstück bei der Straßenbiegung des Otto-Ponath-Wegs«, sagte Ruth. »In dem Ferienhaus dort war das Mordopfer untergebracht.«

»Dieses Grundstück liegt etwa auf Höhe des Fundortes der Leiche«, konstatierte Max, der anscheinend gerade seine Unterlagen zurate zog. »Es grenzt direkt an den Kanal und hat sogar einen Zugang zu dem kleinen Seitenkanal, der dort abzweigt.«

»In dem Haus halten sich etliche junge Leute auf, sozusagen Kollegen des Opfers«, erläuterte Ruth. »Ihre Leute sollten bedachtsam vorgehen, wenn sie sich das Ufer ansehen.«

»Es sind bereits einige Kollegen vor Ort«, erwiderte Max. »Ich werde sie entsprechend instruieren.«

Ruth bedankte sich und unterbrach die Verbindung.

»Gibt es bereits erste Spuren?«, erkundigte sich Hagen.

»Die wird es hoffentlich geben, wenn wir bei dem Ferienhaus eintreffen, in dem die Straßenkünstler untergebracht sind«, erwiderte Ruth.

Hagen trat das Gaspedal daraufhin noch ein kleines bisschen mehr durch und der BMW beschleunigte.

Kapitel 2

Die Sonne war hervorgekommen und vertrieb die nächtliche Kälte aus den Straßen des Fischerdorfs. Nur in der Nähe des Hafens und der Wasserstraßen war die Temperatur noch merklich kühler. Aber es versprach ein schöner, warmer Tag zu werden, ein Vorbote des nahenden Frühlings.

Die ersten Gäste flanierten bereits in Greetsiel umher, erfreuten sich an den malerischen Ansichten, die das Fischerdorf zu bieten hatte. Hagen lenkte den zivilen Einsatzwagen geduldig an den Passanten vorbei bis an ihr Ziel. Als sie ausstiegen, fiel ihnen ein junger Mann auf, der vor dem Ferienhaus stand und eine E-Zigarette rauchte. Abwartend sah er der reifen Frau mit den dunklen, schulterlangen Haaren und ihrem juvenilen Begleiter entgegen.

Ruth überließ es ihrem Partner, sich dem Raucher vorzustellen. Das Haar des Mannes war rabenschwarz, und sein Gesicht mit den schmalen Wangen und buschigen Brauen auffallend konturiert.

»Kripo?«, sagte er, während ihm Dampf aus den Nasenlöchern strömte. Der Geruch nach Amber, dem Aroma, mit dem das sogenannte E-Liquid seiner Zigarette angereichert war, breitete sich aus. »War ja klar, dass irgendwas im Busch ist. Da schleichen Männer auf dem Grundstück herum und tun geheimnisvoll. Dass sie von der Polizei sein müssen, kann ihnen jeder anmerken.«

»Sind Sie ein Teilnehmer des Wettstreits?«, erkundigte sich Hagen.

»Klaas Hug«, nannte er nickend seinen Namen und ließ die E-Zigarette in seiner hohlen Hand auskühlen. »Ich bin Pantomime-künstler.« Er zog einen imaginären Hut, als er dies sagte.

»Kommen Sie bitte mit. Wir haben mit ihnen allen etwas zu besprechen.« Ruth trat auf die Haustür zu, die nur angelehnt war und drückte sie auf.

»Jedenfalls sind Sie kein Vampir«, bemerkte Klaas, während er Ruth in den Hausflur folgte. Hagen schlenderte lässig hinter ihnen her. »Vampire können die Schwelle eines Hauses ohne ausdrückliche Einladung nämlich nicht übertreten«, erklärte Klaas, als er Ruths Blick auffing.

Die Hauptkommissarin verstand diesen kleinen Wink sehr wohl. Dass sie als Polizistin ohne Aufforderung das Haus betreten hatte, stellte eine kleine, aber verzeihliche Regelwidrigkeit dar, zu der sie sich hatte hinreißen lassen, weil sie es wahrscheinlich durchweg mit jungen Leuten zu tun hatte, die kaum älter sein dürften als Clarissa, ihre Tochter. Das hatte sie ein bisschen nachlässig werden lassen.

»Wir sind gerade am Frühstücken«, erklärte Klaas und deutete auf eine Tür am Ende des Ganges, hinter der mehrere Stimmen zu hören waren.

»Wie viele Personen sind in diesem Haus einquartiert, und gibt es Wettstreitteilnehmer, die woanders untergekommen sind?«, wollte Hagen wissen.

»Es nehmen insgesamt sechs Artisten an diesem Event teil«, erwiderte Klaas und schob sich an Ruth vorbei, die ihm jetzt den Vortritt ließ, »und alle wohnen wir hier unter einem Dach.« Er öffnete die Tür, beschrieb eine Pirouette, als er eintrat, und deutete auf die Kriminalisten, als wollte er eine Attraktion ankündigen. »Wir haben Besuch von der Greetsieler Polizei«, verkündete er und drehte sich elegant dem Raum zu. »Wer immer von euch sich etwas hat zuschulden kommen lassen, wird jetzt dafür bezahlen müssen«, scherzte er.

Ruth ließ den Blick schweifen und zählte – Klaas Hug eingeschlossen – fünf Personen. Somit waren, von Meta Sasse abgesehen, alle Wettkampfteilnehmer anwesend.

Der Gemeinschaftsraum versprühte den kargen Charme des Speisesaals einer Jugendherberge. Tische, die an Schulmobiliar erinnerten, waren zu einer langen Tafel zusammengeschoben worden. Zwei junge Männer saßen daran und löffelten Müsli in sich hinein. Am Fenster standen zwei Frauen und spekulierten darüber, was die Männer, die draußen das Ufer absuchten, wohl zu finden erwarteten. Den jungen Leuten war die Anwesenheit der Fremden auf dem Grundstück natürlich nicht entgangen, aber deren Tun sorgte unter ihnen offenkundig für nicht viel mehr Aufsehen als das Erscheinen von zwei Kommissaren der Greetsieler Polizei in ihrem Aufenthaltsraum. Daran hatte auch Klaas' launige Ankündigung nichts ändern können. Die Männer widmeten sich weiterhin ihren Müslischalen und die Frauen am Fenster tuschelten.

»Ich möchte um Ihr Gehör bitten!«, rief Ruth in den Raum hinein. »Wir haben etwas mit Ihnen zu bereden!«

»Jemand sollte Meta Bescheid sagen«, sagte eine der Frauen vom Fenster aus in die Runde. »Diese Schlafmütze liegt offenbar noch in den Federn.«

Ruth schätzte die Sprecherin auf knapp über dreißig. Damit war sie die Älteste unter den Anwesenden, die alle Mitte zwanzig sein dürften. Sie hatte langes glattes Haar und wirkte ein wenig hager und ausgezehrt. Ihre Hände waren vernarbt, wie Ruth feststellte. Wegen des Altersunterschiedes sah sich diese Frau offenbar in einer Art Führerrolle. Das war ihrem Gehabe deutlich anzumerken. Allerdings ging keiner der Anwesenden auf ihre Worte ein.

Ruth musste feststellen, dass unter den Straßenkünstlern von der kollegialen, lockeren Atmosphäre, die Leo Sasse ihnen beschrieben hatte, momentan nicht viel zu merken war. Sie wirkten eher aufgesetzt-gleichgültig und distanziert, als hätten sich die anfänglichen Sympathien nach näherem Kennenlernen kurzerhand verflüchtigt.

»Genaugenommen sind wir wegen Meta Sasse hier«, sagte Ruth und trat an den Kopf des Tisches. »Wir müssen Ihnen leider mitteilen, dass Ihre Kollegin letzte Nacht ums Leben gekommen ist.«

Einer der Männer ließ den Löffel fallen, der andere verharrte wie erstarrt in der Bewegung. Klaas taumelte einen Schritt von der Hauptkommissarin zurück, und die jüngere der Frauen stieß einen spitzen Schrei aus und presste die Hand an ihren Mund.

»Ist das wirklich war?«, fragte die Ältere geschockt. »Meta ist tot?«

Der Mann, der den Löffel fallengelassen hatte, rückte mit dem Stuhl vom Tisch weg. Kreischend fuhren die Stuhlbeine über das Parkett. »Wie ist das passiert?«

»Der Tathergang konnte noch nicht abschließend geklärt werden«, antwortete Hagen, der neben der Tür an der Wand lehnte.

»Tathergang?« Der Mann erhob sich jetzt von seinem Stuhl. Er war ein schlaksiger, ungelenker Bursche mit ernstem Gesicht. Seine Stirn umwölkte sich. »Ist sie denn etwa ermordet worden?«

»Davon gehen wir zurzeit aus«, erwiderte Hagen.

»Darum also diese Men in Black, die draußen überall herum-schnüffeln«, sagte Klaas.

»Metas Leiche wurde in der Frühe in der Gracht entdeckt.« Hagen deutete zum Fenster, das auf den Garten und den Kanal blickte. Auf der gegenüberliegenden Uferseite waren die kahlen Bäume zu sehen, die auf dem Grundstück des Gulfhofs wuchsen. »Um zu klären, was in der Nacht geschehen ist, brauchen wir Ihre Hilfe.«

»Zuerst nehmen wir Ihre Personalien auf«, verkündete Ruth, zog einen Stuhl unter dem Tisch hervor und bedeutete Hagen, darauf

Platz zu nehmen. »Dabei erzählen Sie dann bitte auch ein wenig von sich: warum Sie hier sind und welche Art von Straßenkunst Sie ausführen.«

»Sind wir denn etwa alle tatverdächtig?«, fragte der Schlaksige verstört.

Ruth lächelte freundlich. »Wie mein Partner bereits sagte: Wir benötigen Ihre Hilfe, um dieses Verbrechen aufzuklären. Das wäre erst mal alles.« Erneut bemühte sie ihr freundliches Lächeln. »Zeigen Sie mir, wo Metas Zimmer ist«, forderte sie Klaas auf. »Ich möchte mich dort umsehen, während mein Partner hier seinen Job macht. Sie kennen wir ja bereits.«

Klaas nickte fahrig. »Kommen Sie mit«, sagte er lapidar und ging im watschelnden Charly-Chaplin-Gang voraus in den Korridor.

*

Eine Viertelstunde verbrachte Ruth in Metas Gästezimmer. Es gab dort nichts Interessantes zu entdecken. Das Bett war gemacht und die Kleidungsstücke fein säuberlich in den Schrank sortiert. Utensilien, die Meta für ihre Vorführungen hatte benutzen wollen, lagen ordentlich aufgereiht auf dem Tisch. Nichts deutete auf einen Kampf oder eine Auseinandersetzung hin, die hier womöglich stattgefunden haben könnte.

Nach einem aber suchte Ruth in dem Zimmer vergeblich: Metas Smartphone. Offenbar war das Gerät momentan nicht auffindbar, außerdem war es abgeschaltet. Das wusste Ruth nicht nur, weil Ines davon erzählt hatte, sondern weil sie inzwischen selbst versucht hatte, die Nummer anzuwählen.

Ruth kehrte in den Gemeinschaftsraum zurück. Sie beugte sich zu Hagen herab, der am Tisch sitzend gerade den Personalausweis des Schlaksigen in Augenschein nahm. »Kein Handy«, raunte sie ihm ins Ohr.

Hagen furchte die Stirn. »Das ist seltsam.«

Sein Gegenüber, der laut Ausweis Meinert Vollmann hieß, sah Hagen beunruhigt an. »Stimmt etwas mit meinem Dokument nicht?«, erkundigte er sich.

»Nein – alles in Ordnung«, erwiderte Hagen freundlich und schob ihm den Ausweis über den Tisch hinweg zu. Dann drehte er sich mit dem Stuhl Ruth zu. »Ich bin hier jetzt fertig.« Er stand auf, deutete auf Meinert Vollmann und stellte ihn Ruth vor. »Herr Meinert ist Multiinstrumentalist, eine Ein-Mann-Band. Er stammt aus dem kleinen Ort Wiesmoor und ist schon in jeder europäischen Großstadt aufgetreten.«

»Ich covere nicht nur beliebte Songs, ich gebe auch eigene Kompositionen zum Besten«, erläuterte Meinert. »Ich habe sogar eigene CD produziert, die ich auf meinen Tourneen verkaufe und so Extrageld verdiene.« Er lächelte bescheiden. »Davon lässt sich recht gut leben, wenn man keine allzu hohen Ansprüche stellt.«

Ruth nickte dem Mann freundlich zu. In den Hamburger Fußgängerzonen und Einkaufsstraßen waren oft Straßenkünstler zugegen, und sie hatte immer ein paar Euro in der Tasche gehabt, um sie in einen Hut oder eine Blechdose zu werfen, auch dann, wenn ihr die Musik, oder was auch immer die Künstler dargeboten hatten, nicht sonderlich gefallen hatte. Sie hatte diesen Personen gegenüber immer eine gewisse Wertschätzung empfunden, weil sie wusste, wie hart das Straßenleben sein konnte, und wie viel Enthusiasmus und Hingabe vonnöten war, um sich an eine belebte Straßenecke zu stellen und vor den vorbeieilenden Passanten etwas vorzuführen.

In Greetsiel verirrte sich allerdings nur selten mal ein Straßenkünstler oder Bettler, sodass Ruth es aufgegeben hatte, sich allmorgendlich Euromünzen in die Taschen zu stecken.

Daran musste sie nun denken, während Hagen ihr die Künstler nacheinander vorstellte. Die Frau mit den vernarbten Händen hieß Eske Liebig. Sie stammte aus Norden und jonglierte mit Messern und anderen gefährlichen Gegenständen, was wohl ihre Vernarbungen erklärte. Die jüngere Frau, eine kräftige Blondine, die auf den Namen Theda Tichie hörte, spazierte während ihrer Darbietungen auf Stelzen und in fabelähnliche Kleider gehüllt durch die Menge der Schaulustigen und mimte Elfen, Baumgeister oder Hexen. Sie trat oft auf mittelalterlichen Straßenfesten und Märkten auf, wie sie selbst erzählt hatte.

Und dann war da noch Tjado Timmel, ein Pflastermaler, den Ruth als sehr introvertiert einschätzte, denn er hielt den Kopf gesenkt, als Hagen ihn ihr vorstellte. Tjado war einer jener Menschen, die den Blickkontakt zu anderen mieden, dem die Ponyfransen wie eine Gardine tief ins Gesicht hingen und der seiner Miene zufolge ständig mit finsteren Gedanken beschäftigt zu sein schien.

»Dann haben wir uns ja alle kennengelernt«, sagte sie in aufgeräumter Stimmung in die Runde. »Jetzt würde mich nur noch interessieren, wer diesen Wettstreit der Straßenkünstler ausgerichtet hat, und wer das vor Ort alles abwickelt.«

»Wir kennen die Person oder die Organisation nicht, die diesen Wettkampf ins Leben gerufen hat«, sagte Eske, die sich einmal mehr als Sprecherin der Gruppe hervortat. »Der Sponsor will anscheinend anonym bleiben.«

»Unser Gönner hat für dieses Event einiges locker gemacht«, meinte Klaas und deutete mit großartiger Geste um sich, als würden sie in einem Palast stehen. »Unterkunft und Verpflegung – und dann das Preisgeld«, sagte er, wobei ihm nicht anzumerken war, ob seine Worte spöttisch gemeint waren oder seine ehrliche Bewunderung ausdrückten. »Der Gewinner bekommt fünftausend Euro, der Zweitplatzierte fünfhundert und der Dritte immerhin noch fünfzig. Das ist für unsereinen eine Menge Geld.«

Ruth und Hagen tauschten einen kurzen Blick. Dass die Teilnehmer so wenig über den Initiator wussten, verwunderte sie nicht wenig.

»Und wer kümmert sich um die Umsetzung der Veranstaltung?«, erkundigte sich Hagen.

»Das macht alles Mike Repsold«, antwortete Meinert. »Ein tougher Kerl, der sich für uns ordentlich ins Zeug legt.«

»Und wo finden wir diesen Mann?«, fragte Ruth.

»Der ist bestimmt gerade auf dem Marktplatz und trifft letzte Vorbereitungen für das Event, das dort nachher stattfindet«, entgegnete Eske.

»Ist Herr Repsold auch in diesem Haus untergekommen?«

»Ne, der wohnt im Hotel Friesenkrone.«

»Ein ziemlich nobler Schuppen und nicht zu vergleichen mit unserem Etablissement«, fügte Klaas an, wobei er erneut das Kunststück vollbrachte, offenzulassen, ob er sich über diesen Sachverhalt beschweren wollte oder ob es ihm egal war, dass sie mit einer weitaus bescheideneren Unterkunft vorliebnehmen mussten als Mike Repsold.

»Wie soll es denn jetzt überhaupt weitergehen?«, fragte Theda Tichie. Sie rieb sich fröstelnd die Arme. »Nach diesem Mord können wir unmöglich weitermachen, als wäre nichts …«

»Was können wir denn dafür, dass Meta ums Leben kam?«, fuhr Eske sie an. »Deshalb diesen Wettstreit sausen zu lassen, kommt für mich nicht infrage!«

»Sie wollen von uns bestimmt wissen, wo wir waren, als Meta ermordet wurde.« Es war das erste Mal, dass Tjado Timmel von sich aus etwas sagte. Er blickte durch seine Ponyfransen auf die Tischplatte, während er sprach.

»Das wollen wir in der Tat«, bestätigte Ruth. »Von jedem Einzelnen von Ihnen.«

Von der Haustür her schrillte die Türklingel herüber, ein unangenehmer, durchdringender Ton, der im ganzen Haus zu hören sein musste.

Meinert stand abrupt auf. »Das muss die Tussi von der Presse sein!«, rief er aufgeregt. »Die hatte sich gestern telefonisch für heute Morgen angekündigt.« Er eilte auf den Flur hinaus. »Die wird Augen machen, wenn wir ihr erzählen, was passiert ist. Mord – einen besseren Aufreißer für das Titelblatt ihres Lokalblatts kann sie sich doch gar nicht wünschen!«

Im Gemeinschaftsraum machte sich betretenes Schweigen breit, als wären die Künstler von Meinerts euphorischem Ausbruch peinlich berührt. Offenkundig wollten sie sich auch nicht zu Thedas Andeutung äußern, den Wettkampf wegen des Todesfalls abzusagen.

Unterdessen war von der Haustür her Meinerts aufgeregte Stimme zu vernehmen. Es bestand kein Zweifel, dass es tatsächlich die erwartete Reporterin war, die er so überschwänglich begrüßte. Eindringlich redete er auf sie ein, während er den Flur hochkam.

»Ich habe von diesem bedauerlichen Vorfall bereits gehört«, wurde ihm von einer Frauenstimme geantwortet, worauf Meinert erneut zu reden anfing. Er verstummte jedoch mitten im Satz, als er mit dem Gast an seiner Seite den Gemeinschaftsraum betrat, als hätte ihm die bedrückte Atmosphäre, die ihm entgegenschlug, die Luft zum Atmen genommen.

Ruth kannte die Frau mit dem langen, glatten, blonden Haaren bereits, die sich jetzt aufmerksam umblickte und den Kriminalisten freundlich zunickte. Ihr Name lautete Edna Pollack, sie arbeitete als Reporterin für den *Krummhörner Boten*, einer beliebten lokalen Tageszeitung.

Edna grüßte kurz in die Runde und ging dann schnurstracks auf Ruth und Hagen zu. »Gut, dass ich Sie hier antreffe«, sagte sie mit gedämpfter Stimme. »Ich muss Sie dringend sprechen.« Sie warf den Künstlern einen kurzen Blick zu. »Am besten irgendwo, wo wir ungestört sind.«

Es schien, als machte sich plötzlich Nervosität unter den Straßenkünstlern breit, und sie spitzten die Ohren.

»Gehen wir in Metas Zimmer«, schlug Ruth vor. Und an die Wettstreitteilnehmer gerichtet sagte sie: »Halten Sie sich bitte zu unsrer Verfügung. Wir sind gleich wieder für Sie da.«

*

Edna Pollak sah sich unbehaglich in dem Zimmer um. »Hier also war Meta untergebracht?«, fragte sie. »Schrecklich, ein so junges Ding … und sie hatte Träume, für deren Verwirklichung sie gekämpft hat. Es ist eine Tragödie.«

Ruth verzog einen Mundwinkel. »Formulieren Sie bereits an Ihrem Artikel über unsere tote Jongleurin?«

Edna räusperte sich verlegen. »Verzeihen Sie, das passiert ganz von allein.«

»Woher haben Sie denn von diesem Todesfall erfahren?«

Edna hob eine Augenbraue. »Todesfall. Es war Mord, wie ich hörte.« Sie winkte ab. »So was spricht sich schnell herum. In diesem Fall habe ich es von Ansgar Jassen erfahren. Ihm gehört der Gulfhof auf der anderen Uferseite der Gracht. Er rief mich heute früh an und fragte, ob ich nicht einen vernichtenden Artikel über die rabiate Arbeit der örtlichen Polizei schreiben möchte.«

Ruth quittierte das mit einem amüsierten Lächeln.

»Was wollten Sie uns denn nun so Dringendes mitteilen?«, fragte Hagen. »Doch bestimmt nicht, dass ein Gutsbesitzer unzufrieden mit unserem Vorgehen ist.«

»Nein, ganz sicherlich nicht.« Edna holte ihr Smartphone aus der Handtasche. »Ich wollte Ihnen das hier zeigen«, erläuterte sie, tippte auf dem Display herum und hielt es den Kriminalisten dann hin.

Ein Video wurde abgespielt. Die Jongleurin Meta Sasse war im Profil zu sehen. Ihr dunkles Haar glänzte seidig und umspielte ihr hübsches anmutiges Gesicht. Sie wirkte vergnügt und unbeschwert, saß mit mehreren anderen Personen an einem Tisch, alles Teilnehmer des Wettstreits. Es handelte sich um eine Aufnahme, die im Gemeinschaftsraum dieses Ferienhauses entstanden war. Meta filmte sich offenkundig selbst, sagte in die Kamera wie »cool« es sei, mit so vielen Kollegen vereint an einem Tisch zu sitzen, und dass sie sich alle wunderbar verstanden, obwohl sie morgen in einem Wettstreit gegeneinander antreten sollten.

»Sie hat das gestern während des Abendessens gefilmt«, erkannte Hagen.

Die Szene änderte sich abrupt. Das Handy lag jetzt offensichtlich auf dem Fußboden und filmte nach oben. Meta wurde von unten herauf aufgenommen, wie sie vor einer Kloschüssel hockte. Das Haar hatte sie im Nacken zu einem Knoten gebunden. Jetzt steckte sie sich den Mittelfinger tief in den geöffneten Mund, würgte und erbrach sich. Ihr Gesicht verschwand, als sie sich tiefer über die Toilette beugte. Als sie sich wieder aufrichtete, wischte sie sich mit dem Handrücken über die Lippen. Dabei fiel ihr Blick auf das Handy. Sie furchte verärgert die Stirn. Ihre nach dem Smartphone greifende Hand füllte das Bild vollständig aus, ehe das Video endete.

»Der Apparat musste ihr aus der Tasche gefallen sein«, erläuterte Edna. »Wahrscheinlich hatte sie die Aufnahme nur pausieren lassen, und sie aktivierte sich durch Zufall, als es in der Toilette auf den Boden fiel.«

»Und filmte, wie sie das Essen absichtlich von sich gibt, das sie mit ihren Kollegen eingenommen hatte«, vervollständigte Hagen.

»Sie war also wohl magersüchtig«, konstatierte Ruth. Sie sah die Reporterin an. »Wie sind Sie an diese Aufnahme herangekommen?«

Edna machte sich erneut an ihrem Handy zu schaffen. »Das Video wurde um drei Uhr morgens als E-Mail-Anhang an meine offizielle Redaktionsadresse geschickt«, erläuterte sie. »Ich habe mein E-Mail-Postfach im Morgengrauen gecheckt, während ich mir kurz einen Kaffee reinschüttete. Ich war ziemlich verwundert, als ich mir diesen verunglückten Selfie-Film ansah. In der E-Mail hieß es, dass in dem Video das wahre Gesicht von Meta Sasse zu sehen sei. Wer Meta Sasse ist, war mir bekannt, da ich tags zuvor mit Mike Repsold einen Pressetermin mit den Teilnehmern des Künstlerwettstreits abgesprochen hatte.« Sie ließ den Blick durchs Zimmer schweifen. »Aus diesem Grund bin ich hier.« Sie seufzte schwer. »Herr Repsold gab mir eine Liste der Teilnehmer, darunter war auch der Name Meta Sasse.« Sie hob das Handy hoch. »Als ich diesen Film ansah, wusste ich allerdings noch nicht, dass diese junge Frau nicht mehr am Leben war. Die Zusammenhänge wurden mir erst klar, als ich kurze Zeit später bei Ansgars Gulfhof eintraf, um mich dort ein wenig umzusehen.«

»Und sich genauer über das rabiate Vorgehen der Greetsieler Polizei zu informieren?«, fragte Hagen spöttisch.

»Ansgar hatte am Telefon von einer Leiche gesprochen, die aus der Gracht gefischt wurde – da musste ich einfach hin und recherchieren«, rechtfertigte sich die Reporterin.

»Klar.«

Edna rümpfte verärgert die Nase. »Wie es der Zufall wollte, konnte ich noch einen Blick auf die Tote erhaschen, während der Bestatter gerade den Leichensack zumachte.« Eda schüttelte sich. »Ich war wirklich geschockt, als ich begriff, wer diese junge Frau war. Und ich wusste, dass ich Ihnen dringend von diesem Video in meinem Mail-Anhang erzählen musste.«

»Das wollten Sie allerdings erst, nachdem Sie mit den Straßenkünstlern gesprochen hatten«, merkte Hagen kritisch an.

Edna wiegte den Kopf. »Ein wenig Spielraum wollte ich mir schon einräumen, das stimmt.« Sie lächelte entwaffnend. »Aber nun ist es anders gekommen und Sie wurden von allem unterrichtet. Und das, ohne einen Cent für ein Exemplar des *Krummhörner Boten* auszugeben.«

»Wer hat Ihnen diese E-Mail geschickt?«, verlangte Ruth zu wissen. Dass dies offenbar nach Meta Sasses Ermordung geschehen war, gab ihr zu denken.

»Die E-Mail-Adresse des Absenders besteht bloß aus willkürlichen Zahlen und Buchstaben. Ich kann es Ihnen daher nicht sagen. Am Ende des Textes steht allerdings der Hinweis, dass die Mail mit einem Smartphone versendet wurde.«

Hagen ließ sich die Adresse auf dem Handy der Reporterin anzeigen und machte sich Notizen.

»Dieser Unbekannte wollte also, dass Ihnen Metas Magersucht bekannt wurde«, überlegte Ruth laut. »Wahrscheinlich hoffte er, dass Sie in der Zeitung darüber berichten und Meta bloßstellen würden.«

»Unter den gegebenen Umständen werde ich dieses Material natürlich nicht mehr verwenden«, versicherte Edna. »Würde Meta noch leben, hätte ich es wahrscheinlich aber in Erwägung gezogen.«

Hagen rieb sich nachdenklich das Kinn. »Wie ist der Absender bloß an das Videomaterial herangekommen, das Meta mit ihrem eigenen Smartphone aufgenommen hat? Sie wird es bestimmt nicht freiwillig hergegeben haben, denn sie kommt nicht besonders gut weg auf den Aufnahmen.«

Ruth, die bemerkte, dass Edna sich alle Mühe gab, unsichtbar zu erscheinen, damit Hagen unverdrossen im Reden fortfuhr, gab ihrem Partner mit einer Geste zu verstehen, das Spekulieren und Schlussfolgern vorerst sein zu lassen.

Hagen warf der Reporterin daraufhin einen verdrießlichen Blick zu und schwieg.

Ruth wandte sich an Edna. »Ich muss Sie bitten, draußen vor dem Haus zu warten, bis wir die Befragung der Straßenkünstler abgeschlossen haben.«

Edna verzog säuerlich das Gesicht, nickte dann aber.

»Sie können die Zeit nutzen und mir das Video auf mein Handy schicken«, sagte Hagen. »Es könnte für unsere Ermittlungen wichtig sein.«

Edna seufzte. »Könnten Sie mich als Gegenleistung bei der Befragung nicht Mäuschen spielen lassen?«, fragte sie.

Ruth beantwortete diese Frage mit einem müden Lächeln, woraufhin sich die Reporterin seufzend wegdrehte, das Zimmer verließ und zur Haustür schritt.

*

Im Gemeinschaftsraum wurde heftig debattiert. Die Straßenkünstler verstummten jedoch augenblicklich, als Ruth und Hagen in den Raum zurückkehrten.

Eske Liebig trat einen Schritt vom Fenster weg, wo sie jetzt allein stand, da Theda ein paar Meter von ihr weggerückt war. »Wir haben beschlossen, weiterzumachen«, verkündete die Messerjongleurin. »Meta hätte es bestimmt nicht gewollt, dass wir diesen Wettstreit wegen ihr jetzt abbrechen.«

Theda verschränkte die Arme und starrte finster. »Das behauptest du!«

Eske funkelte sie wütend an. »Wir waren uns doch einig.«

»Ich fühle mich aber nicht wohl dabei!«, erwiderte Theda.

»Es steht dir jederzeit frei, aus dem Wettkampf auszuscheiden«, sagte Meinert daraufhin. »Niemand zwingt dich mitzumachen.«

Theda sah den Straßenmusiker gefasst an. »Wenn ihr weitermacht, mache ich auch weiter! Ich werde euch das Preisgeld ganz bestimmt nicht kampflos überlassen!«

Eske lächelte frostig. »Wie gesagt: Wir sind uns einig.«

»The Show must go on«, murmelte Tjado und verzog spöttisch den Mund.

Ruth beschloss, die sich abzeichnende Spannung in der Gruppe für ihre Polizeiarbeit zu nutzen. »Kannte jemand von Ihnen Meta Sasse persönlich?«, fragte sie.

Klaas schüttelte wie ein Roboter mechanisch den Kopf, und auch Tjado und Meinert verneinten.

»Ich bin mit Meta ein paar Mal gemeinsam auf Straßenfesten aufgetreten«, sagte Theda. »Manchmal haben wir unsere Shows sogar kombiniert. Während sie mit brennenden Reifen und Fackeln jonglierte, stelzte ich als Teufelin verkleidet zwischen den Schaulustigen umher.« Sie seufzte schwer. »Meta war ein aufgehender Stern in der Szene und sehr talentiert. Ihre Darbietungen waren äußerst akrobatisch und sie verstand es, ihren schlanken, perfekten Körper dabei effektvoll einzusetzen. Es war eine wahre Augenweide ihr zuzusehen, während sie mit dem Feuer spielte.«

Eske schnaufte verächtlich. »Ich fand sie eher mittelmäßig.«

»Sie kannten Meta Sasse also auch persönlich, Frau Liebig?«, erkundigte sich Hagen.

Die Messerjongleurin schüttelte den Kopf. »Nicht wirklich. Für zwei Jongleure ist auf einem Straßenfest oder einem Mittelalterspektakel nur selten Platz.«

»Und wenn doch, hat Meta dir sowieso die Show gestohlen«, ätzte Theda. »Zumal dir in letzter Zeit vermehrt Patzer passieren. Ständig fällt dir ein Messer aus der Hand – oder du verletzt dich.«

»Gar nicht wahr!«, begehrte Eske auf. »Jedem passiert mal ein Missgeschick.«

Theda rümpfte die Nase. »Meta hat dich mal beliebig genannt«, sagte sie provozierend.

»Das war eine gemeine Anspielung auf meinen Nachnamen, mehr nicht!«

Tjado strich sich die Ponyfransen aus der Stirn und sah zu Theda hinüber. »Warum sagst du nicht gleich, dass du Eske in Verdacht hast, Meta getötet zu haben?«, kam es unvermittelt aus seinem Mund.

Theda legte erschrocken eine Hand auf ihr Brustbein. »So was würde ich niemals behaupten!«

»Für mich klingt es aber so, als hättest du es getan«, erwiderte der Straßenmaler ungerührt. »Eske wollte ihre Konkurrentin Meta aus dem Weg räumen. Das ist es doch, was du der Polizei hier weismachen willst.«

»Du spinnst!« Theda errötete. Hilfesuchend sah sie die Kriminalisten an. »Ich habe nichts dergleichen behaupten wollen, das müssen Sie mir glauben!«

»Wir sammeln hier nur Eindrücke«, gab Ruth neutral zurück.

»Dann müssen Sie Eske Liebig der Vollständigkeit halber jetzt auch fragen, ob sie für die Tatzeit ein Alibi hat«, sagte Tjado, wobei er einmal mehr die Tischplatte anstarrte.

»Diese Frage werden wir jedem aus dieser Gruppe stellen«, klärte Ruth ihn auf.

Eske sah auf die Uhr an der Wand. »In etwa zwei Stunden müssen wir uns auf dem Marktplatz einfinden«, sagte sie. »Bis dahin haben wir noch einige Vorbereitungen für unseren Auftritt zu treffen.«

»Unsere Ermittlungen habe Vorrang«, stellte Ruth klar.

»Es liegt an Ihnen und an Ihrer Auskunftsfreudigkeit, wie lange diese Befragung dauern wird«, sagte Hagen. »Beantworten Sie unsere Fragen ehrlich und ohne Ausflüchte, dann haben wir diese Sache schnell erledigt.«

»Um wie viel Uhr ist Meta denn überhaupt ermordet worden?«, wollte Klaas wissen.

»Die genaue Uhrzeit ist noch nicht bekannt. Der Rechtsmediziner schätzt, dass es um Mitternacht herum geschehen sein muss.«

»Da lag ich im Bett und habe geschlafen«, behauptete Meinert prompt.

»Nachdem du bis elf Uhr mit deinen Instrumenten herumgelärmt hast«, merkte Klaas leicht genervt an.

»Ich lärme nicht, ich musiziere«, berichtigte Meinert unbeeindruckt. Er grinste mit einem Mundwinkel. »Aber klar, dass jemand, der während seiner Auftritte keinen Mucks von sich gibt und nur herumhampelt, keinen Sinn für die Klangwelt haben kann.«

»Ich hampele nicht herum. Im Gegensatz zu dir brauche ich keine Hilfsmittel, um mich künstlerisch auszudrücken. Ich tue es mit Gesten und meiner Mimik.«

Meinert lächelte mitleidig. »Wir werden nachher ja sehen, wer von uns das Publikum besser unterhalten kann.«

Schweigen senkte sich über die Gruppe, als wäre den Anwesenden plötzlich klar geworden, dass jede weitere Äußerung sie vor den Ermittlern in einem schlechten Licht dastehen lassen könnte.

Ruth wartete noch einen Moment ab. Und weil die Stille anhielt, entschied sie, einen Punkt anzusprechen, der ihr äußerst wichtig erschien.

»Wir haben Metas Handy noch nicht gefunden. Wissen Sie vielleicht, wo es sein könnte?«

Meinert kippelte mit seinem Stuhl. »Hatte sie nicht gemeint, dass sie es verloren hätte?«, sprach er die anderen an.

»Ja«, sagte Theda. »Das ist wahrscheinlich passiert, als wir nach dem Abendessen durch Greetsiel schlenderten, um uns den Marktplatz anzusehen, wo heute der erste Wettstreit stattfinden soll. Als wir zum Ferienhaus zurückkehrten, merkte Meta, dass sie ihr Smartphone nicht mehr hatte.«

»Sie hat einen ziemlichen Aufstand deswegen gemacht«, bemerkte Eske boshaft.

»Wer hätte das nicht getan?«, wiegelte Klaas ab. »Das eigene Handy zu verlieren, ist, als wäre man blind geworden oder als könnte man sich plötzlich an nichts mehr erinnern.«

»Bestimmt ist sie irgendwann noch mal los, um ihren Apparat zu suchen«, mutmaßte Meinert und ließ den Stuhl mit einem Knall auf alle vier Beine zurückfallen.

»Hat jemand von Ihnen gesehen, dass Meta am späten Abend das Haus noch einmal verlassen hat oder von dieser Suche zurückgekehrt ist?«, erkundigte sich Hagen.

Die Straßenkünstler beantworteten diese Frage mit gleichmütigem Kopfschütteln. Offenbar war um diese Uhrzeit jeder mit sich selbst genug beschäftigt gewesen, sodass keiner sonderlich darauf geachtet hatte, was um ihn herum geschah.

Ruth seufzte, und sie fragte sich, ob diese Künstler wirklich alle so selbstvergessen waren, oder ob der eine oder andere nicht doch mehr wusste und mit der Wahrheit hinterm Berg hielt.

Da sie nicht den Eindruck hatte, an dieser Stelle weiterzukommen, verkündete sie, dass sie und Hagen nun mit den Einzelbefragungen beginnen wollten. Die sollten in der angrenzenden Küche abgehalten werden.

Kapitel 3

In der Greetsieler Polizeiwache wurden die Kriminalisten von Alice Bergmann mit einem Becher dampfenden ostfriesischen Schwarztee empfangen. Die Sonne schien durch die kleinen Sprossenfenster des historischen Friesenhauses in der Ankerstraße und erhellte das modern eingerichtete Büro der Kommissare, sodass es trotz der funktionalen Möbel recht gemütlich und anheimelnd wirkte. Das Zimmer war über eine Verbindungstür zu erreichen, die sich hinter Alice' Arbeitsbereich anschloss. Zu Alice »Hoheitsgebiet« zählten auch der Eingang und der Empfangsbereich.

Während Ruth und Hagen an ihren Teebechern nippten, berichtete Alice, was die Kollegen der Spurensicherung inzwischen herausgefunden hatten.

»Beim Uferbereich auf dem Grundstück des Ferienhauses sind tatsächlich verdächtige Spuren entdeckt worden«, erzählte sie und zog ihre Uniformbluse glatt, die wegen ihrer pummeligen Figur über den Hüften und unter den Achseln unvorteilhafte Falten geworfen hatte. »Im Uferschlamm wurden tief eingesunkene Schuhabdrücke sichergestellt«, erläuterte sie und warf Hagen einen bösen Blick zu, weil er wegen ihrer Garderobenjustierung unverschämt zu grinsen angefangen hatte. »Sie stammen entweder von einer Person mit enormem Körpergewicht, oder von einer, die eine schwere Last getragen hat.«

Alice legte eine Pause ein und sah Hagen herausfordernd an, als wollte sie ihn provozieren, ihre Ausführungen über Körpergewicht und schwere Last zu kommentieren, aber der junge Kommissar hütete sich, den Köder zu schlucken.

Alice fuhr fort: »Diese Person muss den Spuren zufolge ein Stück in die Gracht gewatet sein, und als sie zum Ufer zurückkehrte, hatte sie einiges an Gewicht verloren.«

»Diese Abdrücke könnten theoretisch also von jemanden stammen, der etwas Schweres ins Wasser geworfen hat«, merkte Hagen nun doch an.

»Einen leblosen Körper womöglich«, konkretisierte Ruth und stellte den Teebecher auf ihren Schreibtisch ab. »Sind diese Schuhabdrücke gut erhalten und verwertbar?«

»Es sind vermutlich Stiefelabdrücke«, verbesserte Alice. »Schwere Stiefel mit einer glatten Ledersohle und klobigem Absatz. Der Größe nach zu urteilen, werden es Männerstiefel gewesen sein.«

»Stiefel ohne Profil – das ist eher ungewöhnlich«, äußerte sich Hagen.

Alice nickte. »Herr Engel meinte, es könnte sich um eine Sonderanfertigung handeln, den Stiefeln nachempfunden, wie sie etwa im Mittelalter getragen wurden. Die Kollegen haben Gipsabdrücke genommen. Damit müsste sich kriminalistisch etwas anfangen lassen, um Ihre Frage zu beantworten, Frau Hauptkommissarin.«

Ruth bedachte Alice' gestelzte Förmlichkeit mit einem ebenso förmlichen Nicken.

Hagen sah von seinem Schreibtisch aus zu seiner Chefin hinüber. »Unsere Straßenkünstler könnten solche Stiefel eventuell besitzen.«

»Das werden wir nachprüfen.« Ruth legte die Hände um den immer noch warmen Teebecher. »Ist Metas Handy inzwischen gefunden worden?«, fragte sie die Streifenpolizistin.

Alice schob ihren Hosengürtel hin und her. »Nein. Auf dem Grundstück wurden auch keine Spuren gefunden, die auf einen etwaigen Kampf hindeuten könnten.«

»In dem Ferienhaus haben wir auch nichts dergleichen entdeckt«, fügte Hagen an.

»Glauben Sie denn, Meta Sasse könnte von einem ihrer Kollegen ermordet worden sein?«, fragte Alice.

»Jedenfalls hat keiner der Straßenkünstler für die mutmaßliche Tatzeit ein überprüfbares Alibi«, antwortete Hagen. »Angeblich lag jeder im eigenen Bett und hat geschlafen. Verdächtiges will auch keiner während besagter Zeit im Haus oder draußen im Garten gehört haben.«

»Sie kämen theoretisch also alle als Täter infrage«, schloss Alice.

»Die einen mehr, die anderen weniger«, sagte Ruth, »vielleicht aber auch keiner von ihnen oder alle zusammen.«

Alice verzog bedauernd das Gesicht. »Klingt, als tapten Sie noch im Dunkeln und als wartete noch eine Menge Arbeit auf Sie«, stellte sie fest.

Ruth wandte sich Hagen zu. »Wir brauchen einen richterlichen Beschluss, damit der E-Mail-Dienst-Anbieter den Namen der Person herausrückt, der das E-Mail-Konto gehört, das für die Versendung des Videos verwendet wurde, das unserer Reporterin zugespielt wurde. Außerdem benötigen wir einen Durchsuchungsbeschluss für das Ferienhaus der Straßenkünstler.«

Hagen griff zum Telefon, um sich mit den zuständigen Stellen in Emden in Verbindung zu setzen.

Unterdessen wandte sich Ruth erneut der Streifenpolizistin zu. »Sie haben sich um die polizeilichen Angelegenheiten bezüglich des Straßenkünstlerwettkampfes gekümmert, nicht wahr?«

»Das Konzept, das mir von Mike Repsold vorgelegt wurde, war in Ordnung«, sagte Alice. »Von polizeilicher Seite gab es gegen diese Veranstaltung keine Bedenken.« Sie streckte den Arm aus, winkelte ihn an und sah auf ihre Armbanduhr. »Der erste Wettstreit beginnt in wenigen Minuten. Austragungsort ist der Marktplatz.« Sie schob die Daumen hinter den Hosenbund und wippte auf den Fußballen auf und nieder. »Ich werde hingehen und mir das ansehen, wenn Sie es wünschen«, sagte sie in einem Tonfall, der keinen Zweifel daran aufkommen ließ, wie sehr sie genau das wünschte.

Ruth stand auf. »Wir werden uns dieses Spektakel gemeinsam ansehen«, entschied sie. Und an Hagen gerichtet sagte sie: »Sie können nachkommen, wenn Sie mit der Büroarbeit fertig sind.«

Hagen winkte ab. »Amüsieren Sie sich ruhig. Ich halte hier die Stellung.«

*

Der Greetsieler Markt erstreckte sich entlang der Straße Am Markt. Auf der einen Seite wurde der Platz von einer Reihe kleiner putziger Häuser gesäumt, in deren Erdgeschossen hauptsächlich Restaurants untergebracht waren. Auf der gegenüberliegenden Seite verlief das Neue Greetsieler Außentief, dessen mit einem schmiedeeisernen Geländer eingefasstes Ufer an dieser Stelle von einigen Bäumen flankiert wurde. Dort hatten sich die Straßenkünstler postiert.

Ruth und Alice gingen von der Mühlenstraße herkommend auf den Markt zu, und nachdem sie das Hotel Zum Alten Siel hinter sich gelassen hatten, öffnete sich vor ihnen der Platz.

Wie üblich herrschte hier reger Publikumsverkehr. Aber nicht nur der Sonnenschein und die gemütliche Atmosphäre des Fischerdorfes mit dem nahen Hafen hatten die Besucher hierhergelockt. Dass an diesem Tag auf dem Marktplatz ein Wettstreit der Straßenkünstler stattfinden sollte, darauf war sowohl in den lokalen Zeitungen als auch auf Handzetteln hingewiesen worden, und so drängten sich an diesem wunderschönen Märztag weit mehr Schaulustige auf dem Marktplatz als um diese Jahreszeit sonst üblich. Damit genügend Platz vorhanden war, hatten die Restaurantbetreiber sogar darauf verzichtet, Tische und Stühle nach draußen zu stellen.

Ruth reckte den Hals, um über die Köpfe der Versammelten einen Blick auf die Straßenkünstler zu erhaschen. Als Erstes fiel ihr natürlich Theda Tichie auf, die auf ihren Stelzen die Menge um einiges überragte. Die junge Frau war allerdings nicht wiederzuerkennen, und das lag nicht nur daran, weil sie Stelzen an die Beine gebunden hatte, sondern vielmehr an ihrem aufwendigen Kostüm, in das sie gekleidet war. Theda hatte sich in eine riesige feuerrote Garnele verwandelt. Den schlanken Krustenleib bildeten übereinandergeschichtete seidige Tücher, die bei jeder von Thedas stelzbeinigen Schritte anmutig wallten. Sie trug eine mit langen Fühlern bestückte Haube auf dem Kopf und entlang der Körperseiten waren Krabbenbeine aus umwickeltem Draht befestigt. Auch die Stelzen waren wie Krebsbeine zurechtgemacht, und um den Eindruck noch zu verstärken, liefen Theas Arme ebenfalls in dünne spitze Krabbenbeine aus, die so lang waren, dass sie sich mit ihnen sogar am Boden abstützen und gekrümmt verharren konnte, so wie es eine Krabbe womöglich getan hätte.

Obwohl das Kostüm sehr hübsch und verspielt aussah, wirkte diese Garnele trotzdem sehr befremdlich und wegen ihrer hochaufragenden Größe auch ein bisschen bedrohlich. Ruth hörte in der Menge ein kleines Kind weinen. Das Plärren war so laut, dass es sogar das Stimmengewirr der Besucher und die Klänge des Straßenmusikanten übertönte.

Theda beugte sich herab, wahrscheinlich, um das Kind zu beruhigen, wie Ruth vermutete. Dadurch machte sie aber alles nur noch schlimmer, denn das Kreischen wurde noch um einige Nuancen durchdringender.

Ein mit akkurat gebügeltem Fischerhemd, Schiebermütze und Cordhose ausstaffierter Mann trat den beiden Polizistinnen jetzt entgegen. Ein freundliches Lächeln umspielte seine Lippen, und die blauen Augen blickten klar und unverstellt. »Möchten Sie sich vielleicht an der Bewertung der Straßenkünstler beteiligen?«, fragte er höflich.

Alice deutete auf den etwa Dreißigjährigen und stellte ihn Ruth als Mike Repsold vor. »Hauptkommissarin Ruth Fasan«, sagte sie dann und zeigte auf ihre Chefin.

»Freut mich, Sie kennenzulernen.« Mike Repsold schüttelte Ruth die Hand. Es war ein fester, aber rücksichtsvoller Händedruck.

»Wie beteiligt man sich denn an der Bewertung der Künstler?«, wollte Ruth wissen.

Mike griff in einen an seinem Gürtel hängenden Lederbeutel und förderte zwei goldene Münzen aus Plastik zutage, von denen er Ruth und Alice je eine gab. Eine Faust mit ausgestreckten Daumen schmückte beide Seiten der Münze. »Die spenden Sie dem Künstler oder der Künstlerin, deren Show Ihnen am besten gefällt«, erläuterte er. »Natürlich dürfen Sie auch Geld in die Hutkassen werfen. Am Ende ist nur die Anzahl der Goldmünzen ausschlaggebend. Wer von denen am meisten einheimsen konnte, hat diesen ersten Wettkampf für sich entschieden.«

Mike fischte ein Handy aus der Hosentasche. »Ich gebe Ihre Namen in eine Liste ein«, erläuterte er, während er auf dem Display herumtippte. »Jeder, der von mir eine Münze bekommt, wird registriert, damit niemand doppelt abstimmt.« Er blickte von seinem Smartphone auf. »Die Liste lösche ich später, aus datenrechtlichen Gründen«, beeilte er sich zu versichern, als befürchtete er einen diesbezüglichen Einwand.

»Sie haben davon gehört, was Meta Sasse zugestoßen ist?«, fragte Ruth unvermittelt.

Mike machte ein betretenes Gesicht. »Ja. Frau Pollak hat es mir vorhin erzählt, nachdem sie die Wettstreitteilnehmer interviewt hatte.« Er trat unsicher von einem Bein auf das andere. »Ich weiß gar nicht, was ich davon halten soll. Mord … Die Straßenkünstler wollen trotzdem, dass die Veranstaltung stattfindet. Mir behagt das eigentlich ganz und gar nicht. Aber ich muss wohl oder übel mitspielen.«

»Wo waren Sie denn vergangene Nacht, so um zweiundzwanzig Uhr herum?«, fragte Ruth unverfänglich und machte einem Mann Platz, der sich mit einem Kleinkind im Tragetuch an ihr vorbeischieben wollte.

Mike krauste nachdenklich die Stirn. »Da war ich mit den letzten Vorbereitungsarbeiten gerade fertig.« Er deutete zu den Bäumen hinüber. »Es gab noch etwas bei den Plätzen für die Künstler zu regeln. Danach bin ich in mein Hotel, die Friesenkrone. Gut möglich, dass mich der eine oder andere nächtliche Ausflügler gesehen hat und meine Aussage bestätigen kann. Es waren noch einige Paare unterwegs, meine ich mich zu erinnern.« Er zuckte mit den Schultern. »Und der Nachtportier hat mich möglicherweise auch gesehen, als ich ins Hotel kam.«

Ruth nickte. »Ich möchte Sie jetzt nicht länger von Ihrer Arbeit abhalten. Später werde ich mich sicherlich noch einmal mit Ihnen unterhalten wollen.«

Mike lächelte zuvorkommend. »Immer gerne.« Mit diesen Worten wandte er sich ab und trat auf ein älteres Paar zu, das den Marktplatz soeben erreicht hatte, um sie zu fragen, ob sie sich an der Bewertung der Straßenkünstler beteiligen wollten.

Ruth und Alice gingen auf die Baumreihe am Ufer des Neuen Greetsieler Außentiefs zu. Respektvoll machten die Schaulustigen der uniformierten Streifenpolizistin Platz, sodass die beiden Frauen ohne viel Gedrängel und Geschiebe zu den Künstlern vorstießen.

*

Von der als Riesengarnele durch die Menge staksenden Theda abgesehen, zog der mit etlichen Musikinstrumenten behangene Meinert Vollmann unter den Schaulustigen das meiste Interesse auf sich. Er saß auf einem Barhocker, spielte auf einer Ziehharmonika und stampfte mit dem Fuß auf einem Klangholz den Takt. Schellen, die er um seine Beine gebunden hatte, untermalten den Rhythmus, und hin und wieder stieß er die Knie zusammen und ließ die Kupferbecken ertönen, die mit Riemen daran befestigt waren. Eine Gitarre und eine Trompete hingen um seinen Leib, sodass er diese Instrumente jederzeit gegen das Akkordeon austauschen konnte. Momentan gab er einen Shanty zum Besten, wobei Ruth feststellen musste, dass Meinert über eine recht angenehme Singstimme verfügte. Vor dem Straßenmusikanten lang ein Hut umkehrt auf dem Pflaster. Neben etlichen Goldmünzen aus Plastik befanden sich auch eine Menge Eurostücke und sogar Scheine darin.

Alice klatschte in die Hände und sang den Refrain mit. Sie wollte sich dann sogar bei Ruth unterhaken, um ein wenig zu schunkeln, ließ es aber bleiben, als sie von ihrer Chefin einen indignierten Blick auffing.

Ruth ging daraufhin zum nächsten Freiraum zwischen den Bäumen hinüber. Dort hatte Tjado Timmel sich mit seinen Malkreiden breitgemacht. Im Schneidersitz und in einen farbverschmierten, ehemals wohl weißen Kittel gekleidet, kauerte er auf dem Boden und kritzelte selbstvergessen vor sich hin. Allerdings stellte der gepflasterte Untergrund für ihn eine große Herausforderung dar. Die Fugen und Ritzen zwischen den Pflastersteinen machten es nahezu unmöglich, ein einheitliches Gemälde anzufertigen, das nicht von einem unansehnlichen Raster durchzogen wurde. Doch Tjado machte sich die besondere Beschaffenheit des Untergrunds zunutze, indem er auf jeden der Pflastersteine einen Fisch, ein Seepferdchen, eine Krabbe oder Garnele malte. Das ganze Arrangement hatte er mit einem gezeichneten Tampen eingerahmt, sodass im Zusammenspiel mit den Pflasterfugen der Eindruck eines Fischernetzes entstanden war. Und weil die Meerestiere, die Tjado auf die einzelnen Steine bannte, nicht größer als die Maschen dieses Netzes waren, sah es gar nicht so aus, als wären sie gefangen, sondern, als bräuchten sie nur durch die Lücken zu schlüpfen, um in die Freiheit des Meeres zu gelangen.

Ruth nickte Tjado anerkennend zu, als er einmal unter seinen Ponyfransen zu ihr aufsah. Kurz darauf erschien Alice an ihrer Seite, die sich immer noch im Takt von Meinert Vollmanns Musik wiegte. Für Tjados Gemälde hatte die Streifenpolizistin allerdings bloß einen flüchtigen Blick übrig.

Nicht nur bei der Streifenpolizistin hatte der Pflastermaler einen schweren Stand. In der aufgeklappten Zigarrenkiste, die ihm als Kasse diente, befanden sich nur einige wenige Goldmünzen und etwa ebenso viele Geldstücke.

Gemeinsam gingen die Frauen zum angrenzenden Baum-zwischenraum hinüber. Hier ließ Eske Liebig, in ein enges Trikot gekleidet, Wurfmesser durch die Luft wirbeln. Gekonnt fing sie die rotierenden Waffen auf und schleuderte sie aus dem Handgelenk erneut empor. Sonnenlicht brach sich zuckend auf den wirbelnden Klingen. Eske wirkte äußerst konzentriert, und trotz der eher kühlen Temperatur stand ihr der Schweiß auf der Stirn. Hinter ihr lehnte ein schlankes Schwert am Geländer des Kanals. Ruth vermutete, dass Eske es sich demnächst in den Rachen schieben würde, um den Zuschauern weiszumachen, sie würde die Klinge schlucken. Mit einem verborgenen Knopf am Heft des Schwertes ließ sich die

Klinge allerdings in den Griff einfahren. Das dürfte den meisten Zuschauern bekannt sein, sodass die Glaubwürdigkeit der Darbietung stark von Eskes Talent zur Theatralik abhing. Noch schienen die Zuschauer unschlüssig, was sie von der Jongleurin halten sollten, denn in dem zu einem Nest drapierten einfarbigen Halstuch, das vor ihr auf dem Boden lag, schimmerten bloß eine Handvoll Goldmünzen und Eurostücke in der Sonne.

Ruth, die beim Anblick von Waffen meist ein gewisses Unbehagen verspürte, hatte nicht vor abzuwarten, ob Eskes Begabung ausreichte, eine überzeugende Show abzuliefern. An den gebannt zuschauenden Passanten vorbei schob sie sich auf die letzte Lücke zwischen den Bäumen zu.

Verwundert blieb sie stehen, denn als sie den auf einem Balken sitzenden Bronzemann erblickte, dachte sie zuerst, die Statue des Netzflickers, die unten beim Aussichtspunkt des Greetsieler Yachthafens bewundert werden konnte, wäre auf den Marktplatz verfrachtet worden. Aber das war natürlich Unsinn. Die beliebte Plastik befand sich nach wie vor an Ort und Stelle. Der Netzflicker, mit dem sie es hier zu tun hatte, stellte eine täuschend echte Nachbildung des Originals dar und war nicht aus Bronze gegossen, sondern bestand aus Fleisch und Blut. Der Pantomime Klaas Hug steckte unter der mit Bronzefarbe angesprühten Kleidung des Netzflickers. Auch sein Gesicht und seine Hände waren bronzefarben. Die ganze Figur war so perfekt gestaltet, dass auf den ersten Blick kein Unterschied zur echten Statue festzustellen war. Sogar die Pose und das Netz, an dem der Mann gerade arbeitete, waren eins zu eins vom Original übernommen. Erst als Klaas die bronzefarbenen Lider hob und darunter die hellen grünen Augen zum Vorschein kamen, ging den Zuschauern auf, dass sie einen lebenden Menschen vor sich hatten.

Neben dem Netzflicker war noch ein bisschen Platz auf dem Sitzbalken, und manch einer setzte sich neben den Künstler, um ein Foto aufnehmen zu lassen. Klaas machte sich dann den Spaß und legte einen Arm um die Schulter seines Nachbarn, deutete einen Wangenkuss an, wenn es sich um eine Frau handelte, oder lüpfte die Schippermütze, wenn es ein Kind war.

Ruth faszinierte es, wie stoisch und gekonnt Klaas seine Rolle spielte. Alice war nicht weniger begeistert. Sie gab der Hauptkommissarin ihr Handy und bat sie, ein Foto zu schießen.

Als die Streifenpolizistin sich neben den Netzflicker setzte, rückte dieser zuerst scheinbar befremdet ein Stück von ihr weg. Kritisch musterte er Alice von oben bis unten. Ihre gemütliche Erscheinung schien ihn dann aber zu beruhigen und er rutschte vertrauensvoll näher an sie heran, legte ihr einen Arm um die Schultern und schlug lässig die Beine übereinander.

Ruth betätigte den Auslöser und machte mehrere Aufnahmen. Dabei fiel ihr etwas auf, was sie stutzig machte, aber sie ließ sich nichts anmerken.

Als Alice aufstand, warf sie ihre Goldmünze in Klaas Pappschachtel, die vor Münzen bereits überzuquellen drohte. Als Alice dann neben die Hauptkommissarin trat, um sich die Fotos auf ihrem Handy anzusehen, vergrößerte diese den Bildausschnitt, der den Fuß von Klaas übergeschlagenem Bein zeigte. Es war gut zu erkennen, dass der bronzefarbene Stiefel eine glatte Sohle hatte und mit einem klobigen Absatz ausgestattet war.

Alice sah Ruth mit großen Augen an. »Das könnten die Stiefel sein, die die Abdrücke am Ufer der Gracht hinterlassen haben«, sagte sie mit gedämpfter Stimme. Sie setzte eine strenge Miene auf. »Soll ich das Schuhwerk konfiszieren?«

Ruth schüttelte den Kopf und gab Alice ihr Handy zurück. »Das werden wir zu gegebener Zeit tun«, beschied sie. »Es würde nicht gut aussehen, wenn die Polizei vor den Augen der Gäste einem Straßenkünstler die Stiefel wegnehmen.«

Alice bedachte die übervolle Pappschachtel mit einem bedauernden Blick, als überlegte sie, ob sie die Goldmünze, die sie hineingetan hatte, wieder an sich nehmen sollte. Aber das ging ihr dann wohl doch zu weit. »Ich hoffe nur, dass ich meine Gefällt-mir-Marke keinem Mörder gegeben habe«, zischte sie Ruth stattdessen zu.

»Abwarten.« Die Hauptkommissarin wollte noch etwas hinzufügen, aber das Klingeln ihres Smartphones hielt sie davon ab. Hagen war am Apparat. Um zu verstehen, was er sagte, musste sich Ruth das freie Ohr mit der Hand zu halten, denn der Lärm ringsum war nicht einfach zu übertönen.

»Wir wissen jetzt, wem der E-Mail-Account gehört, der verwendet wurde, um Edna Pollak dieses bloßstellende Video zukommen zu lassen«, hörte sie ihren Partner sagen.

»Machen Sie es nicht so spannend!«, rief Ruth gegen die Geräuschkulisse an.

»Es ist aber nun mal spannend«, erwiderte Hagen. »Dieser Account gehört nämlich Meta Sasse, dem Mordopfer!«

»Was?«, entfuhr es Ruth, die völlig perplex war.

»Der E-Mail-Account … er gehört …«

»Ich habe verstanden, was Sie gesagt haben«, unterbrach Ruth ihren Partner.

»Und es kommt noch besser«, ließ dieser sich daraufhin nach einer kurzen Pause vernehmen. »Außerdem habe ich herausgefunden, dass besagte E-Mail mit Meta Sasses Handy versendet wurde.«

Eine steile Falte bildete sich auf Ruths Stirn. »Das ist ja ein Ding! Jemand hat Metas Handy also benutzt, nachdem sie bereits nicht mehr am Leben war?« Ruth wurde sich ihrer Umgebung bewusst, und wie unangebracht es war, in dieser unbeschwerten Menschenmenge stehend über Mordangelegenheiten zu sprechen. »Wir kommen zu Ihnen«, verkündete sie und beendete die Verbindung.

*

Ruth wollte noch ihre Goldmünze loswerden, bevor sie den Marktplatz verließ. Um die Angelegenheit zu beschleunigen, fasste sie Alice kurzerhand bei den Schultern und drehte sie herum, sodass die Streifenpolizistin ihr den Rücken zukehrte. Dann schob sie Alice vor sich her an der Messerjongleurin vorbei. Wie zuvor, machten die Schaulustigen der Uniformierten Platz, und so gelangte Ruth schnell an ihr Ziel: Tjado Timmel, der Pflastermaler.

»Ihre Arbeit hat mich beeindruckt«, sagte sie und legte ihre Plastikmünze sorgsam in die Zigarrenkiste.

»Danke«, sagte Tjado bescheiden und lächelte. »Meine Kollegen sind aber auch nicht schlecht, wie ich meine.«

»Mörder!«, schallte da plötzlich ein wütendes Brüllen über den Marktplatz. Tjado zog unter seinem Pony befremdet die Augenbrauen zusammen. »Hundsgemeiner Mörder!«, tönte es erneut.

Alice reckte den Hals und hüpfte sogar hoch, um trotz ihrer eher durchschnittlichen Körpergröße über die Köpfe der Schaulustigen hinweg nach dem Verursacher des Lärms Ausschau zu halten.

»Möööörderrr!« Die Stimme überschlug sich nun förmlich. Unruhe machte sich unter den Besuchern breit.

»Wo kommt das her?«, fragte Alice an Ruth gerichtet, da sie den Verursacher des Tumultes trotz ihrer Bemühungen nicht ausmachen konnte.

Ruth deutete mit einem Kopfnicken in Richtung der Messerjongleurin. Dort war Bewegung in die Menge gekommen und Rufe wurden laut.

Alice setzte sich augenblicklich in Bewegung und Ruth folgte ihr.

»Du hast sie auf dem Gewissen – gibs zu!«, war die Männerstimme erneut zu hören. Sie klang jetzt ganz nah.

Der spitze Aufschrei einer Frau gellte auf.

Alice schob zwei Passanten beiseite, und nun konnten sie endlich sehen, was sich beim benachbarten Schauplatz zutrug. Eske hielt sich den linken Unterarm, Blut quoll zwischen den Fingern hervor. Die Jongliermesser lagen um die Straßenkünstlerin herum verstreut auf dem Pflaster.

Vor Eske hatte sich breitbeinig ein junger Mann aufgebaut. Er wankte leicht, seine Jeansjacke stand offen und das Hemd hing ihm aus der Hose. »Mörderin!«, schrie er Eske an.

Alice schob sich zwischen die beiden und drängte den Mann zurück. Der strauchelte fast und sah die uniformierte Polizistin wirr an. Anklagend deutete er auf die Jongleurin. »Verhaften Sie diese Frau!«, rief er aufgewühlt. »Sie ist eine Mörderin!«

»Dich sollte man verhaften«, schrie Eske. Ihr Kopf ruckte zu Ruth herum. »Dieser Verrückte hat mich belästigt. Wegen ihm bin ich aus dem Flow gekommen und habe mich verletzt!« Sie nahm die Hand von ihrem Unterarm, um Ruth zu zeigen, was ihr widerfahren war. »Eine Messerspitze hat mich voll erwischt!«, beschwerte sie sich.

Mike Repsold zwängte sich durch die Schaulustigen, die die Szene in kurzem Abstand halbkreisförmig umstanden. »Was ist hier los?«, verlangte er zu wissen.

»Wir brauchen einen Sanitäter«, sprach Ruth ihn an. Zum Sicherheitskonzept der Veranstaltung gehörte auch, einen Rettungswagen bereitzustellen. Ruth hatte einen solchen gesehen, als sie gemeinsam mit Alice in die Straße Am Markt eingebogen war.

Mike nickte, hakte das Funkgerät von seinem Gürtel und rief die im Wagen sitzenden Sanitäter herbei.

»Wer sind Sie?«, verlangte Alice jetzt von dem jungen Mann zu wissen, der den Tumult verursacht hatte. Der richtete seine Jeansjacke und stopfte das Hemd in den Hosenbund. Dabei fiel eine leere Bierdose aus der Jackentasche. Noch immer wirkte der Mann aufgebracht, aber es war ihm bereits anzusehen, dass er langsam zu begreifen begann, was er angerichtet hatte.

»Torben Bockel«, antwortete er einsilbig und mit schwerer Zunge.

»Sie sind angetrunken«, stellte Alice daraufhin kritisch fest und hob die Bierdose auf.

»Und wenn schon!« Erneut deutete er auf die Jongleurin. »Kümmern Sie sich lieber um diese Verbrecherin!«

Eske, die wieder eine Hand auf ihre Wunde presste, ließ sich von Ruth zu einer Bank führen und setzte sich. »Er versaut mir meine Vorstellung«, jammerte sie. »Wie soll ich denn jetzt noch gewinnen können?«

»Es wird gleich ein Sanitäter eintreffen.« Ruth bedeutete Mike, sich um Eske zu kümmern, und ging auf Alice und den leicht alkoholisierten jungen Mann zu. Seit dieser seinen Namen genannt hatte, ahnte sie, was es mit diesem Vorfall auf sich hatte.

»Sie sind der Freund von Meta Sasse, habe ich recht?«, fragte sie ihn und warf dann einen beiläufigen Blick auf die Bierdose, die Alice ihr hinhielt.

Torben nickte ungestüm, und in seinen Augen begann es feucht zu schimmern. »Ich – kann nicht glauben, was geschehen ist!«, stammelte er. Wut verzerrte sein Gesicht, und anklagend deutete er auf Eske. Ein Mann in Sanitäteruniform beugte sich soeben über sie, um ihren verwundeten Arm zu untersuchen. Mike saß neben ihr und redete beruhigend auf sie ein. »Sie … sie hat …« Torben brach ab.

Ruth fasste den jungen Mann ins Auge. »Woher wissen Sie, was Ihrer Freundin widerfahren ist?«, fragte sie. Bisher war der Name des Mordopfers nicht bekannt gegeben worden. Torben mochte vom Hörensagen vom Tod einer jungen Frau erfahren haben und dass sie zu den Straßenkünstlern gehörte, aber er konnte unmöglich wissen, dass es sich dabei um Meta handelte.

»Meta ist nicht hier, oder?«, fuhr Torben die Hauptkommissarin an. »Das sollte sie allerdings, denn sie wollte bei diesem Wettstreit unbedingt dabei sein! Und an ihr Handy geht sie auch nicht – es ist abgeschaltet. Das macht sie sonst nie!«

Ruth nickte verstehend. Torben hatte unzweifelhaft die richtigen Schlussfolgerungen gezogen, als er feststellen musste, dass Meta auf dem Marktplatz nicht anzutreffen war. Angeheitert musste er vorher bereits gewesen sein. Die Bierdose stammte aus dem Supermarkt.

Solche Dosen konnte man in den umliegenden Restaurants nicht kaufen.

Torben musterte Ruth misstrauisch. »Wer sind Sie überhaupt?«, fragte er ungestüm.

»Das ist Hauptkommissarin Ruth Fasan von der Greetsieler Polizei«, sagte Alice streng.

Erneut richtete Torben seine Jeansjacke, obwohl an ihrem Sitz jetzt nichts mehr zu beanstanden war. »Wenn das so ist.« Er bemühte sich sichtlich, sich nicht anmerken zu lassen, wie unsicher er auf den Beinen war. »Und warum haben Sie die Mörderin nicht längst verhaftet?«

»Wie kommen Sie darauf, Eske Liebig könnte Ihre Freundin getötet haben?« Diese Frage musste Ruth noch loswerden, obwohl es ihr widerstrebte, dieses Gespräch auf einem überfüllten Marktplatz zu führen.

»Na, weil sie auch jongliert, darum!« Torben hatte sich trotz seiner Bemühungen nicht unter Kontrolle. »Meta hat tausendmal mehr drauf als diese abgehalfterte Kröte«, schimpfte er. »Darum hat sie Meta aus dem Weg geräumt. Meta war eine unliebsame Konkurrentin und musste sterben!«

Ruth hatte genug von dem Theater. »Wir nehmen Sie jetzt mit auf die Wache«, erklärte sie.

Torben wich zurück und starrte die Kommissarin entgeistert an. »Wieso ich? Ich habe Meta nicht umgebracht!«

»Weil Sie betrunken sind und randalieren«, sagte Alice. »In Ihrem Zustand sind Sie eine Gefahr für die Öffentlichkeit. Sehen Sie sich Frau Liebig an, dann wissen Sie, was ich meine.«

»Und weil wir sowieso mit Ihnen sprechen wollten«, milderte Ruth die harten Worte ihrer Kollegin ein wenig ab.

Torbens Miene verfinsterte sich. »Was ich Ihnen zu sagen habe, habe ich Ihnen bereits gesagt.«

»Möchten Sie in aller Öffentlichkeit abgeführt werden, oder kommen Sie jetzt freiwillig mit?«, fragte Ruth unnachgiebig.

Torben stierte sie an, als überlegte er, wie seine Chancen standen, sich aus dem Staub zu machen. Die schätzte er angesichts Ruths entschlossenem Auftreten anscheinend als sehr gering ein, denn er ließ sich dazu herab, einsichtig zu nicken. »Ihre Handschellen brauchen Sie nicht«, sagte er zu Alice und verzog geringschätzig den Mund. »Ich kooperiere. Aber Sie haben den Falschen am Wickel, das sollte Ihnen klar sein. Statt meiner sollten Sie Eske Liebig, die Beliebige, abführen!«

*

In der Polizeistation angekommen, führte Ruth Torben Bockel ins Verhörzimmer, wies ihn an, zu warten, und verließ den Raum. Anschließend bat sie Alice, dem jungen Mann einen starken Kaffee zu brauen. »Er soll erst ein bisschen ausnüchtern, ehe wir uns näher mit ihm befassen«, erläuterte sie.

Während Alice sich in der Teeküche zu schaffen machte, ging Ruth ins Kommissariatsbüro und setzte ihren Partner über die Geschehnisse auf dem Greetsieler Marktplatz ins Bild.

Hagen, der an seinem Schreibtisch gearbeitet hatte, schüttelte mehrmals den Kopf. »Das wird in Greetsiel ordentlich für Gesprächsstoff sorgen«, diagnostizierte er. »Und die Presse wird diesen Vorfall sicherlich auch dankbar aufgreifen.«

Ruth nickte zerknirscht. »Edna Pollack hat ein paar Fotos geschossen, während wir Torben Bockel durch die Menge geleiteten. Und ich fürchte, sie war auch ganz in der Nähe, als vor Eskes Bereich der Tumult losbrach.«

»Zumindest kann unsere Reporterin jetzt nicht mehr behaupten, nicht auf ihre Kosten gekommen zu sein«, kommentierte Hagen. »Frau Pollack hat eine kapitale Gegenleistung dafür erhalten, uns dieses Video zu übergeben.«

Ruth hob eine Schulter. »So kann man diese Sache natürlich auch sehen.«

Hagen winkte ab. »Konzentrieren wir uns lieber auf Dringenderes.«

Ruth musterte Hagen überrascht, der sich jetzt seinem Computer zuwandte. »Was haben Sie denn für mich?«, erkundigte sie sich.

»Ich habe mir per richterlichen Beschluss vom Provider das Bewegungsprofil von Meta Sasses Handy besorgt«, erläuterte er und ließ auf seinem Bildschirm einen Stadtplan von Greetsiel erscheinen. Dann drehte er den Monitor, damit Ruth die Darstellung besser sehen konnte. »Ich habe mich auf die Zeit beschränkt, nachdem Meta in unserem Fischerdorf eintraf.«

Hagen zeigte auf einen Ortsteil nordöstlich des Krabbenkutterhafens. »Hier hat Leo Sasse seine Tochter gestern um vierzehn Uhr achtundzwanzig vor dem Ferienhaus im Otto-Ponath-Weg abgesetzt«, erläuterte er. »Dort hielt sie sich dann etliche Stunden auf. Um achtzehn Uhr dreißig verließ sie das Haus und bewegte sich dann mehr oder weniger ziellos durch den Ort.«

»Das muss der Besichtigungsrundgang gewesen sein, von dem die Straßenkünstler uns erzählt haben.«

»Das ist anzunehmen«, bestätigte Hagen. »Auf dem Marktplatz war Meta dem Bewegungsprofil zufolge jedenfalls auch gewesen. Aber dann veränderte sich das Bewegungsschema plötzlich.«

Ruth trat hinter Hagen und studierte den Bildschirm aufmerksam.

»Hier«, sagte er und deutete auf eine weiße Linie, die den Weg nachzeichnete, den Meta mit ihrem Handy gegangen war. Nachdem dieser Strich kreuz und quer durch den Ortskern verlaufen war, führte er vom Marktplatz weg schließlich direkt auf das Touristeninformationszentrum zu. Von dort aus ging es in nördliche Richtung weiter, bis die Markierung im Emsweg plötzlich endete.

»In dem Ortsteil gibt es kaum etwas Sehenswertes zu bestaunen«, wunderte sich Ruth. »Außer vergleichsweise modernen Wohnhäusern ist dort nichts.«

Hagen nickte. »Es ist außerdem bemerkenswert, wie zielstrebig sich die Person vom Marktplatz weg durch Greetsiel bewegt hat, während sie vorher im Schlängelkurs durch den Ort und die Hafenanlage gegangen war.«

»Person?« Ruth rieb sich die Wange. »Sie nehmen also an, dass es nicht Meta war.«

»Die anderen Straßenkünstler erzählten uns, Meta hätte ihr Handy während des Rundgangs verloren.« Hagen pochte dort mit dem Zeigefinger auf den Bildschirm, wo sich der Greetsieler Markt befand. »Es scheint, dass ihr das Smartphone tatsächlich auf dem Marktplatz aus der Tasche gefallen war.«

»Und dann hob es jemand auf, der damit Richtung Tourist-Information verschwand«, ergänzte Ruth.

»Vielleicht wollte er das gefundene Handy dort abgeben«, mutmaßte Hagen. »Um diese Uhrzeit war die Tourist-Info bereits geschlossen.«

»Darum nahm der Finder das Gerät mit, um es am anderen Tag abzugeben«, spann Ruth den Faden weiter. Wenig überzeugt schüttelte sie den Kopf. »Aber warum schaltete er das Handy dann ab, und aus welchem Grund benutzte er es um drei Uhr morgens, um Edna Pollak ein diskreditierendes Video zu schicken?«

Hagen zeigte auf einen weißen Punkt auf der Linie im Emsweg. »Das geschah genau hier. Der Apparat wurde um drei Uhr nur kurz angeschaltet, um die Mail abzuschicken. Anschließend ging das Handy wieder off.«

»Um das zu tun, ging die Person an eine Stelle im Emsweg, wo er Stunden vorher mit Metas eingeschaltetem Handy bereits gewesen ist.« Ruth furchte konzentriert die Stirn. »Das sieht mir ganz nach einem planvollen Vorgehen aus.«

»Das denke ich auch«, sagte Hagen. »Dem Finder von Metas Smartphone ist irgendwann aufgegangen, dass die Polizei anhand des Bewegungsprofils nachvollziehen kann, wohin es gebracht wurde. Und das war ihm offenbar nicht recht. Aus diesem Grund schaltete er den Apparat unterwegs ab.«

»Womöglich war er gerade auf dem Heimweg«, spekulierte Ruth.

»Es erscheint mir auch sehr wahrscheinlich, dass diese Person irgendwo im Emsweg oder in der näheren Umgebung dieser Straße wohnt.«

»Vielleicht hat er das Handy inzwischen bei der Tourist-Information abgegeben?«

»Das werde ich sofort überprüfen.« Hagen griff zum Telefon und wählte die Nummer der Tourist-Info in Greetsiel. Das Gespräch dauerte nicht lange. »Negativ«, sagte Hagen, während er den Hörer zurücklegte. »Es wurde heute kein gefundenes Smartphone hinterlegt. Man wird uns allerdings sofort informieren, sollte jemand in der Tourist-Information erscheinen und eines abgeben.«

Ruth überlegte einen Moment lang. »Gute Arbeit, Hagen«, sagte sie. »Die Angelegenheit mit Metas Handy erscheint mir ziemlich wichtig. Wir müssen da unbedingt dranbleiben.«

Hagen lächelte froh. Das Lob tat ihm offenkundig gut.

»Jetzt knöpfen wir uns Torben Bockel vor.« Ruth machte ein ernstes Gesicht. »Er wird uns einiges zu erklären haben.«

*

Torben hielt den Kaffeebecher vor sein Gesicht und atmete den aromatischen Dampf tief durch die Nase ein. Dann nahm er einen Schluck und gab einen wohligen Laut von sich.

Hagen saß Torben am Tisch in der Mitte des Zimmers gegenüber, der zusammen mit den Stühlen der einzige Einrichtungsgegenstand

55

des Verhörraums darstellte. Ruth lehnte abwartend an der Seitenwand, wo sie die beiden Männer gut im Blick hatte. Sie hatte beschlossen, Hagen das Gespräch führen zu lassen, und dies nicht nur, um seinen Fleiß zu belohnen, sondern auch, weil sie hoffte, dass er leichteren Zugang zu dem jungen Mann finden würde als sie selbst. Durch den Vorfall auf dem Marktplatz war ihr Verhältnis zu dem zu Befragenden ein wenig vorbelastet, wie sie meinte.

Torben stellte den Kaffeebecher ab. Nervös sah er Hagen über den Tisch hinweg an. »Sie sagen ja gar nichts«, stellte er mit leichtem Unbehagen fest.

Hagen lächelte freundlich. »Ich möchte mich zuerst vergewissern, ob Sie zurechnungsfähig sind.«

Torben verzog unwillig die Stirn. »Mir geht es gut. Abgesehen davon, dass meine Freundin ermordet wurde.«

»Dass es sich bei der Toten aus der Gracht um Meta handeln könnte, ist Ihnen aber erst aufgegangen, als Sie sie unter den Straßenkünstlern auf dem Marktplatz nicht finden konnten, nicht wahr?«

Torben nickte. »Und mir war auch sofort klar, wer sie umgebracht hat!« Er umfasste die Tischkanten mit den Händen. »Warum wollen Sie das Offensichtliche nicht sehen? Eske Liebig …«

»Momentan interessiert es mich viel mehr, warum Sie bereits alkoholisiert waren, als Sie auf den Marktplatz erschienen«, unterbrach Hagen ihn. »Dass Sie sich einen zur Brust genommen haben, nachdem Sie erfuhren, dass Ihre Freundin nicht mehr am Leben ist, könnte ich durchaus verstehen. Aber Sie müssen vorher bereits angeheitert gewesen sein.«

Torbens Miene verfinsterte sich. »Woher wollen Sie das wissen?«, fragte er störrisch.

Hagen erinnerte ihn an die leere Bierdose, die ihm aus der Tasche gefallen war. »Wollen Sie mir etwa erzählen, dass sie zum Greetsieler Supermarkt gelaufen sind, nachdem Sie Meta auf dem Marktplatz nicht finden konnten, um sich eine Dose Bier zu kaufen? Und nachdem Sie sich einen hinter die Binde gekippt haben, sind Sie angeheitert zurückgekehrt?«

Torben sah beschämt zur Seite. »Also gut. Ich hatte bereits etwas getrunken, als ich auf dem Marktplatz eintraf«, gestand er.

»Darf ich den Grund dafür erfahren?«

Torben machte eine vage Geste. »Es war wegen Meta. Wir hatten tags zuvor einen Streit, und sie ging nicht an ihr Handy. Da habe ich am frühen Morgen vor lauter Frust eben …« Er ließ den Satz unvollendet.

»Wann genau hatten Sie denn diesen Streit?«, erkundigte sich Hagen unverfänglich.

»Gestern Abend. Das hat allerdings nichts zu bedeuten. Es kam hin und wieder eben vor, dass wir uns uneins waren.«

Hagen beugte sich vor. »*Wann* genau war das?«

Torben sah ihn stirnrunzelnd an. »Gestern Abend, das sagte ich bereits. Ich wollte Meta schon viel früher ansprechen, aber da war sie in Begleitung dieser anderen Straßenkünstler. Später kam sie dann noch einmal allein zum Marktplatz. Und da habe ich sie zur Rede gestellt.«

»Zur Rede gestellt?« Hagen warf Ruth einen kurzen Blick zu. »Das müssen Sie uns genauer erklären.«

Torben sah gehetzt zwischen den Ermittlern hin und her. »Was soll das hier werden?«, fragte er aufgebracht. »Wollen Sie mich etwa mit dem Mord an meiner Freundin in Verbindung bringen? Ich erzähle Ihnen das hier alles nur, weil ich weiß, dass Sie es sowieso herausfinden werden, wenn Sie Nachforschungen anstellen. Meta und ich … wir waren auf dem Marktplatz nicht allein. Etliche Leute saßen in den Restaurants oder draußen und haben uns gesehen, während wir stritten.«

»Dann können Sie uns ja weiterhin alles freiweg von der Leber berichten«, sagte Hagen leichthin.

Torben atmete einmal tief durch. »Also gut. Ich bin gestern Nachmittag nach Greetsiel gekommen, um mich mit Meta auszusprechen. Doch als ich sie auf dem Marktplatz dann endlich allein erwischte, lief es gar nicht so, wie ich es mir erhofft hatte. Meta wollte in Ruhe gelassen werden. Was ich ihr zu sagen hatte, interessierte sie überhaupt nicht. Sie sagte mir klar und deutlich, dass ich verschwinden sollte, und dass sie sich auf den Wettstreit konzentrieren wolle.« Er seufzte. »Also habe ich mich verdrückt. Ich kenne Meta gut genug und weiß, wann es ratsam ist, zurückzustecken.« Er zuckte traurig mit den Schultern. »Ich habe später dann noch mehrmals versucht, sie anzurufen. Aber sie hatte ihr Handy kurzerhand ausgeschaltet!«

»Worum ging es in diesem Streit?«, schaltete Ruth sich ein.

»Ich … ich habe mich ein wenig vernachlässigt gefühlt«, antwortete Torben. »Und das schon seit Wochen. Weil Meta meinte, sich auf diesen Wettstreit unbedingt vorbereiten zu müssen, verbrachte sie mehr Zeit als sonst mit ihren Feuerreifen, Fackeln und womit sie sonst noch jonglierte. Sie arbeitete hart an ihrer Performance, obwohl die eigentlich schon perfekt war.« Verbittert presste er die Lippen aufeinander. »Sie hätte Eske so was von in den Schatten gestellt, das können Sie mir glauben!«

»Wie wütend waren Sie denn, weil Ihre Freundin Sie links liegen gelassen hat?«, erkundigte sich Ruth wie beiläufig. »Auf einer Skala von eins bis zehn.«

Torben krauste unwillig die Stirn. »Vielleicht eine Drei«, ging er dann widerwillig auf das Spiel ein. »Aber selbst, wenn ich sehr, sehr wütend gewesen wäre, hätte ich Meta niemals etwas angetan!«

»Wo haben Sie denn die gestrige Nacht verbracht?«, übernahm Hagen wieder.

»Ich bin bei einem Freund in Greetsiel untergekommen.«

»Und wo wohnt der?«

»Im Möwensteert.«

Erneut sah Hagen kurz zu Ruth hinüber. Der Möwensteert zweigte vom Emsweg ab, nicht weit von der Stelle entfernt, wo Metas Handy abgeschaltet wurde.

»Wo waren Sie gestern um Mitternacht herum?«, wollte Hagen jetzt wissen.

»Na – bei meinem Kumpel zu Hause natürlich!« Torben wischte mit der Hand imaginäre Krümel von der Tischplatte. »Wir haben über unsere Freundinnen gelästert und dabei ein bisschen was getrunken.«

»Kann Ihr Freund das bezeugen?«

Torben hob gleichmütig die Schultern. »Wie spät es genau war, als ich endlich ins Bett fiel, daran kann ich mich nicht mehr erinnern. Und ich fürchte, Oliver weiß auch nicht, wann er schlafen gegangen ist. Wir waren beide nämlich nicht mehr ganz nüchtern, müssen Sie wissen.«

Hagen ließ sich den vollständigen Namen und die Adresse von Torbens Freund geben.

»Hören Sie«, sagte Torben eindringlich, während Hagen auf seinem Handy herumtippte, um sich Notizen zu machen. »Sie verschwenden nur Ihre Zeit. Nehmen Sie lieber Eske Liebig in die Mangel. Sie hat Meta getötet, daran besteht kein Zweifel!«

»Seien Sie unbesorgt, wir ermitteln in alle Richtungen«, versicherte Hagen.

Torben stand auf. »Ich möchte jetzt gehen.« Herausfordernd sah er zu Ruth hinüber. »Oder wollen Sie mich etwa verhaften?«

»Wir suchen das Handy Ihrer Freundin«, sagte Ruth. »Sie haben es nicht zufällig gefunden und an sich gebracht?«

Torben sah sie verständnislos an. »Wie kommen Sie denn darauf?«

»Weil Meta nur deswegen noch einmal zum Marktplatz gegangen war, um dort nach ihrem Smartphone zu suchen, von dem sie annahm, dass sie es dort verloren hatte.«

Torben schüttelte den Kopf. »Ich hätte es ihr natürlich zurückgegeben, wenn ich es gefunden hätte. Dieser Apparat war meine einzige Möglichkeit, mit ihr weiterhin in Kontakt zu bleiben. Ich wäre ja schön blöd gewesen, wenn ich es behalten hätte.« Er furchte unwillig die Stirn. »Darf ich jetzt endlich gehen?«

»Sie haben Frau Liebig öffentlich verleumdet«, erwiderte Hagen. »Das kann mit einer Freiheitsstrafe bis zu zwei Jahren oder mit einer Geldstrafe geahndet werden.«

Torben wurde blass. »Ich habe doch lediglich meine Überzeugung geäußert«, sagte er und hob trotzig den Kopf. »Und ich bin nach wie vor davon überzeugt, dass ich recht habe!«

Ruth sah den Mann streng an. »Frau Liebig wird Sie eventuell anzeigen.«

Torben schaute verlegen zu Boden, sagte jedoch nichts.

.»Diese Befragung ist vorläufig abgeschlossen.« Ruth ging auf die Tür zu und öffnete sie. »Wie sehen Ihre Pläne aus, Herr Bockel? Könnten Sie es einrichten, noch einige Tage in Greetsiel zu bleiben. Ich denke, dass wir noch einmal auf Sie zukommen müssen.«

Torben, der um den Tisch herumgegangen war, blieb vor Ruth stehen. »Ich bleibe so lange in Greetsiel, bis Sie Eske Liebig wegen Mordes an meiner Freundin verhaftet haben. Vorher reise ich ganz bestimmt nicht ab!«

»Sehr schön.« Ruth sah auf Torbens Füße hinab. Er trug Turnschuhe, die nicht mehr ganz neu aussahen. »Haben Sie noch anderes Schuhwerk im Gepäck?«

Torben blickte an sich herab. »Ich habe überhaupt kein Gepäck dabei. Es war eine spontane Entscheidung, nach Greetsiel zu kommen.«

Ruth verließ den Verhörraum und Torben folgte ihr den Flur hinunter. An der Eingangstür verabschiedete sie den jungen Mann und ließ ihn seiner Wege ziehen.

Hagen kam herbeigeschlendert und stellte sich vor den Empfangstresen. Alice saß dahinter in ihrem Arbeitsbereich und füllte am PC ein Formular aus. »Was halten Sie von diesem Burschen?«, fragte er seine Chefin.

Ruth wiegte abwägend den Kopf. »Womöglich spielt er uns nur etwas vor. Er schien mir recht gut vorbereitet.«

»Er war sehr auskunftsfreudig«, bestätigte Hagen, »nachdem er einen kleinen Schubser von mir erhalten hatte.«

»Das stimmt.« Ruth strich sich über ihr Kinn. »Torben hat keinen Hehl draus gemacht, dass er davon ausging, dass wir sowieso von seinem Streit mit Meta erfahren würden und er es uns darum auch gleich selbst erzählen kann. Er ist sehr vorausschauend und vielleicht sogar auch durchtrieben.«

Hagen sah auf seine Schuhspitzen. »Den Grund des Streits können wir jedenfalls nicht nachprüfen. Da müssen wir seiner Behauptung schon glauben.« Er wirkte jetzt ein wenig ratlos. »Was sollen wir denn jetzt als Nächstes tun?«

Ruth wandte sich Alice zu. »Zeigen Sie es ihm.«

Die Streifenpolizistin, die sofort wusste, wovon Ruth sprach, holte ihr Handy hervor, rief ein Foto auf und reichte Hagen den Apparat über den Tresen hinweg.

Der Kommissar betrachtete den Schnappschuss und zog überrascht die Augenbrauen in die Stirn. »Der Netzflicker. Aber nicht das Original, denn der wäre kaum dazu imstande, Alice einen Arm um die Schultern zu legen.«

»Das ist der Pantomime Klaas Hug«, erläuterte Ruth. »Sehen Sie sich seine Stiefel mal etwas genauer an.«

Hagen vergrößerte den betreffenden Bildausschnitt. »Oha«, sagte er. »Wenn das mal nicht die Stiefel sind, die im Uferschlamm der Gracht diese verräterischen Abdrücke hinterlassen haben.« Er gab Alice ihr Handy zurück. »Dann ist Klaas also unser nächster Kandidat auf der Liste der Verdächtigen.«

»Haben Sie sich um den Durchsuchungsbeschluss für das Ferienhaus der Straßenkünstler gekümmert?«, erkundigte sich Ruth.

»Selbstverständlich, liegt ausgedruckt auf meinem Schreibtisch.«

»Holen Sie das Dokument. Und dann machen wir diesen Schöpfergeistern noch einmal unsere Aufwartung.«

»Die sind bestimmt noch auf dem Marktplatz«, sagte Alice und warf einen Blick auf die Uhr. »Laut Programm müsste in einer halben Stunde die Bekanntgabe des Gewinners laufen.«

»Dann nichts wie hin«, sagte Ruth. »Und es bleibt uns sogar noch ein bisschen Zeit, unterwegs eine Kleinigkeit zu essen.«

Kapitel 4

Mike Repsold hatte am Ende des Marktplatzes, dort wo das Gelände zur alten Brücke hin leicht anstieg, eine provisorische Bühne errichtet. Die Plattform verdeckte den eindrucksvollen Anker fast vollständig, der dort ausgestellt wurde. Um den ging es jetzt aber auch gar nicht. Viel interessanter als dieses Exponat war die Veranstaltung, die auf der Bühne abgehalten wurde. Auf dem Platz davor drängten sich die Schaulustigen, sodass Ruth sich wünschte, sie hätte Alice mitgenommen, denn mit einer uniformierten Polizistin an ihrer Seite wäre es Hagen und ihr erfahrungsgemäß leichter gefallen, sich durch die Menge nach vorne zu schieben. Denn dort wollte Ruth unbedingt hin, weil sie es für wichtig erachtete, die Straßenkünstler zu beobachten.

Es gab noch jemanden, der ein besonderes Augenmerk auf der Bühne gerichtet hatte: die Reporterin Edna Pollack. Mit einer professionellen Fotokamera ausgestattet, schlich sie um die hölzerne Plattform herum und machte Aufnahmen.

Mike hielt ein Mikrofon in der Hand, und eine kleine Beschallungsanlage sorgte dafür, dass seine Stimme laut vernehmlich über die Köpfe der Versammelten hinweg schallte. Während er redete, schritt er die Reihe der Straßenkünstler ab, die sich nebeneinander aufgestellt hatten. Jeder von ihnen hielt den Behälter vor sich in den Händen, in dem die Goldmünzen gesammelt worden waren.

Ruth beachtete Mikes marktschreierisches Getue nur beiläufig. Er gab sich sichtlich Mühe, die bevorstehende Auszählung der Goldmünzen als sensationellen Akt anzupreisen und betonte noch einmal, wie viel Geld es demjenigen einbrachte, der den gesamten Wettstreit für sich entscheiden konnte. Die heutige Vorführung auf dem Marktplatz war die erste von insgesamt drei Veranstaltungen, die über den Gewinner entscheiden würden.

Diese Ankündigung sollte die Zuschauer neugierig auf die kommenden Events machen und sie dazu ermuntern, ihnen ebenfalls beizuwohnen, und das machte Mike in echter Entertainer-Manier.

Während der Veranstaltungstechniker auf der Bühne den Alleinunterhalter herauskehrte, standen die Straßenkünstler in ihren Outfits ungeduldig da. Theda hatte ihre Stelzen abgeschnallt, wirkte ansonsten aber immer noch wie eine märchenhafte Garnele aus dem

Wunderland. Ruth fiel auf, dass die Wettkampfteilnehmer darauf achteten, dass der Nachbar nicht in die eigene »Kasse« schielen konnten, um zu sehen, wie viele Goldmünzen wohl darin liegen mochten.

Ruth nahm Eske Liebig nun genauer in Augenschein. Der Arm der Messerjongleurin war verbunden, trotzdem sah sie irgendwie unbekümmert aus. Dabei hätte sie allen Grund gehabt, zu insistieren und darauf hinzuweisen, dass wegen ihrer Verletzung bei diesem Wettstreit keine Chancengleichheit bestanden hatte. Aber sie hielt sich zurück, als wäre sie mit dem Lauf der Dinge ganz zufrieden.

Anschließend richtete Ruth ihre Aufmerksamkeit auf Klaas Hug, den Zweiten aus der Straßenkünstlergruppe, der näher in den Fokus ihrer Mordermittlungen geraten war. Dem Pantomimekünstler war keine Regung anzusehen. Starr und bewegungslos stand er da, ging immer noch ganz in seiner Rolle als Bronzestatue auf.

Jetzt begann Mike mit der Auszählung. Nacheinander trat er vor jeden Künstler hin, griff in dessen »Kasse« und zählte laut vernehmlich die darin liegenden Goldmünzen.

Ruth war ein bisschen enttäuscht, als sie feststellen musste, dass Tjado mit seinem Pflastergemälde nur etwa ein Dutzend Münzen eingeheimst hatte. Meinert Vollmann, der immer noch mit seinen Instrumenten vollgehängt war, schüttelte empört den Kopf, als die Zählung ergab, dass er nur acht Münzen mehr als der Pflastermaler erhalten hatte. Theda war mit ihrem Resultat ebenfalls nicht zufrieden, aber sie verstand es, ihre Enttäuschung mit kindlicher Unschuld zu kaschieren, die anrührend und unterhaltsam zugleich wirkte, sodass das Publikum ihr mit höflichem Applaus schließlich Trost spendete.

Zu Ruths Verblüffung erhielt Eske Liebig fast die doppelte Anzahl an Goldmünzen wie Theda. Dennoch durfte sie sich nicht über einen Sieg freuen, denn in Klaas Bronzehut befand sich genau eine Goldmünze mehr als im Tuchnest der Messerakrobatin. Aber Eske trug ihre vermeintliche Niederlage mit Würde und ließ sich sogar dazu herab, Klaas zu gratulieren, der sich jetzt plötzlich ganz natürlich gab, herumfeixte und sich sichtlich über seinen Erfolg freute.

»Der Vorfall während ihrer Darbietung scheint Eske nicht geschadet zu haben«, merkte Hagen an. »Im Gegenteil. Bestimmt haben viele aus Mitleid eine Plastikmünze in ihre Kasse getan.«

Die Menschenmenge vor der Bühne fing langsam an, sich zu zerstreuen. Und weil sich abzeichnete, dass Tjado und Theda gehen wollten, erklomm Ruth rasch die Plattform.

»Bitte bleiben Sie noch einen Moment«, sagte sie an die Künstler gerichtet. »Mein Partner und ich haben etwas anzukündigen.«

»Ich will jetzt zu meinem Gemälde«, sagte Tjado unleidig. »Ich kann bestimmt noch ein paar Euro verdienen, wenn ich mich neben das Bild setze. So mache ich das eigentlich immer.«

Meinert schnaufte verächtlich. »Sogar der Deichgraf hätte mehr Zuspruch von den Leuten bekommen als du mit deinem albernen Meeresgetier.«

Tjado strafte den Straßenmusiker mit einem vernichtenden Blick, sagte jedoch nichts.

Ruth nickte Hagen auffordernd zu. Der war ihr mit einem eleganten Sprung auf die Bühne gefolgt, zog jetzt den Durchsuchungsbeschluss aus seiner Jackentasche und wedelte damit herum. »Wir werden uns gleich in Ihrem Gästehaus und Ihren Zimmern umsehen«, erläuterte er. »Diese Maßnahme wurde richterlich angeordnet.«

»Das heißt dann ja, dass wir alle oder zumindest einige von uns verdächtigt werden, mit dem Mord an Meta was zu schaffen zu haben«, sagte Meinert entgeistert.

Ruth bemerkte Edna Pollack hinter der Bühne. Scheinbar unbeteiligt stand sie da, hatte aber natürlich die Ohren gespitzt, damit ihr nichts von dem entging, was die Polizei mit den Straßenkünstlern zu bereden hatte.

»Diese Durchsuchung gehört in einem solchen Fall zum normalen Prozedere«, erläuterte Hagen. »Das hat für Sie erst mal nichts zu bedeuten.«

»Als wäre es für uns nicht schon schlimm genug, dass Meta ermordet wurde«, sagte Theda. »Jetzt müssen wir uns auch noch gegen Anschuldigungen durch die Polizei zur Wehr setzen.«

»Was war das überhaupt für ein Kerl, der Eske vorhin in die Parade gefahren ist?«, wollte Klaas wissen. Er zog ein Tuch aus der Tasche seiner bronzenen Fischerjacke und begann die Farbe von seinem Gesicht zu wischen. »Er hat sie des Mordes bezichtigt, und das so laut, dass es jeder auf dem Marktplatz gehört haben dürfte.«

»Der Mann heißt Torben Bockel«, warf Ruth ein. »Sie könnten ihn wegen Verleumdung anzeigen, Frau Liebig.«

Eskes Miene verfinsterte sich. Aber dann schüttelte sie vehement den Kopf. »Das würde nur noch mehr Staub aufwirbeln – nein danke! Ich habe Meta jedenfalls kein Haar gekrümmt.« Sie warf Theda einen zornigen Blick zu, als sie das sagte.

»Es tut mir leid, was ich heute Morgen gesagt habe«, beeilte diese sich daraufhin zu versichern. »Ich glaube natürlich nicht wirklich, dass du dazu in der Lage wärst, jemanden umzubringen, weil er deinem Sieg in diesem Wettstreit im Weg stehen könnte.«

Eske winkte mit ihrem gesunden Arm ab. »Wir sind wegen dieser Sache alle mit den Nerven ziemlich runter. Ich sehe es dir daher nach.« Hagen trat an Klaas heran. Der hatte eine große Sporttasche mit Ersatzkleidung unter der Bühne hervorgezogen und begann jetzt, seine Jacke auszuziehen. »Ich muss Sie bitten, mir Ihre Stiefel auszuhändigen«, sagte Hagen.

Edna Pollack trat neugierig näher, während Klaas den Kommissar entgeistert ansah. »Meine Stiefel – warum das denn?«

»Weil wir etwas überprüfen müssen«, gab Hagen neutral zurück.

Klaas setzte sich rittlings auf die Plattform, zog wütend die Stiefel aus und warf sie Hagen vor die Füße. Anschließend fuhr er wortlos fort, sich auf der Bühne umzuziehen.

Ruth und Hagen warteten geduldig, bis die Straßenkünstler aufbruchbereit waren. Schließlich machten sich alle bis auf Tjado, der darauf bestand, bei seinem Gemälde bleiben zu dürfen, auf den Weg zum Ferienhaus im Otto-Ponath-Weg. Mike Repsold sah der Gruppe mit sorgenvoller Miene nach. Dann begann er die Beschallungsanlage abzubauen. Ruth bekam noch mit, dass Edna zu ihm auf die Bühne kletterte und mit ihm zu reden anfing.

*

Ruth und Hagen sahen sich in Ruhe in den Unterkünften der Künstler um. Anschließend inspizierten sie die Gemeinschaftsräume. Dass sie von den Straßenkünstlern dabei misstrauisch beäugt wurden, störte sie nicht im Mindesten. Stattdessen nutzten sie die Gelegenheit, den Anwesenden die eine oder andere Frage zu stellen.

Auf diese Weise erfuhren sie, dass Eske eine siebenjährige Tochter hatte, die bei ihren Großeltern mütterlicherseits aufwuchs, weil Eske ihrem Kind das unstete Leben einer Straßenkünstlerin nicht zumuten wollte. Der leibliche Vater hatte sich nach Holland abgesetzt und war seitdem angeblich unauffindbar. Meinert erzählte ihnen, dass er in einer Rock-Band, mit der er durch Ostfriesland tourte, E-Gitarre spielte. Die Band war recht erfolgreich, trotzdem ließ er es sich nicht nehmen, zusätzlich als Solokünstler auf Straßenfesten aufzutreten. Theda wiederum berichtete, dass sie erst kürzlich bei ihren Eltern ausgezogen war, nachdem es zwischen ihr und ihrem Vater zu einem Zerwürfnis gekommen war, weil er gedroht hatte, ihr die pekuniäre Unterstützung zu entziehen, wenn sie ihre Auftritte als »stelzbeiniges Schreckgespenst«, wie er sich ausdrückte, nicht aufgab. Seitdem lebte sie in Norden in einer Wohngemeinschaft und konnte sich finanziell so eben gerade über Wasser halten. »Ich muss diesen Wettbewerb einfach gewinnen«, sagte sie leidenschaftlich. »Dann bräuchte ich mir wegen Geld erst mal keine Sorgen mehr zu machen!«

Als die Kriminalisten mit ihrer Durchsuchung fertig waren, hatte sich die Atmosphäre in dem Haus merklich gewandelt. Das anfängliche Misstrauen und das Unbehagen den Ermittlern gegenüber hatten sich nach den eher zwanglosen Fragen der Kriminalisten offenbar in Zutrauen gekehrt. Dass Ruth und Hagen sich für das persönliche Umfeld und das Befinden der Künstler interessierten, ließ diese ihre Zurückhaltung und ihre Furcht davor, ins Fadenkreuz von Mordermittlungen zu geraten, fast vergessen. Und so fiel der Abschied fast schon ein bisschen herzlich aus, als Ruth und Hagen das Gebäude am späten Nachmittag verließen.

Anschließend schauten sie noch einmal bei der Polizeiwache in der Ankerstraße vorbei. Dort mussten sie feststellen, dass sowohl von den Kollegen der Spurensicherung als auch von Dr. Fixlmillner noch keine neuen Nachrichten vorlagen. Also tütete Hagen Klaas' bronzefarbene Stiefel ein und beauftragte Alice damit, sie so schnell wie möglich nach Emden zu bringen, damit sie im kriminaltechnischen Labor untersucht und ein Abgleich mit dem Sohlenabdruck vom Ufer der Gracht durchgeführt werden konnte. Danach stiegen sie in den zivilen Einsatzwagen und fuhren in den Möwensteert, um Torbens Freund Oliver Pleitgen einen Besuch abzustatten, denn es musste geklärt werden, wo Torben Bockel um Mitternacht gewesen war.

Oliver Pleitgen wohnte im zweiten Stock eines wuchtigen Mehrparteienmietshauses. Er öffnete den Kommissaren gleich nach dem ersten Klingeln an seiner Wohnungstür. Ein von dunklen, krausen Haaren gekröntes müdes Gesicht sah ihnen aus dem schmalen Türspalt entgegen. Oliver wirkte trotz der fortgeschrittenen Tageszeit ziemlich übernächtigt.

»Mit Ihnen habe ich bereits gerechnet«, sagte er unbekümmert, machte aber keine Anstalten, die Kriminalisten hereinzubitten. Stattdessen blieb er in der halb geöffneten Tür stehen und setzte eine freundlich-unverbindliche Miene auf, die allerdings ein wenig angestrengt wirkte. »Nun fragen Sie mich schon«, forderte er Ruth und Hagen ungeduldig auf. »Oder wollen Sie gar nicht wissen, ob ich bestätigen kann, dass Torben gestern Nacht bei mir in meiner Wohnung gewesen ist?«

»War er es denn?«, fragte Ruth.

Oliver ließ das Türblatt los und wiegte abwägend den Kopf. »Ich denke, er war es«, sagte er rundheraus. Ein schiefes Lächeln machte sich auf seinem Gesicht breit. »Es hätte mich jedenfalls gewundert, wenn Torben es in seinem Zustand geschafft hätte, die Wohnung zu verlassen, ohne sich im Treppenhaus dabei zu Tode zu stürzen.«

»Sie waren also beide zu sehr angetrunken, um sich noch genau erinnern zu können«, fasste Ruth zusammen.

Oliver nickte ohne Scham. »Kann man so sagen, ja.«

Torben tauchte hinter Oliver im Wohnungsflur auf. »Haben Sie Eske denn inzwischen überführt?«, fragte er rau. Sein Atem roch nach Alkohol.

»Wir stehen mit unseren Ermittlungen noch am Anfang«, erwiderte Hagen zurückhaltend.

»Hier suchen Sie jedenfalls an der falschen Stelle nach Metas Mörder«, sagte Oliver. Er wandte sich Torben zu und legte ihm kameradschaftlich einen Arm um den Hals. »Torben hat seine Meta über alles geliebt. Und er gehört nicht zu der Sorte von Männern, die seiner Angebeteten etwas antun würden, egal wie schwer sie es ihm auch macht.«

Torben nickte, und plötzlich traten ihm Tränen in die Augen. »Eske, diese Teufelsbraut … sie hat mir meine Geliebte von der Seite gerissen. Das dürften Sie ihr doch nicht durchgehen lassen!«

»Gibt es Ihrer Meinung nach denn niemand anderen, der dieses Verbrechen begangen haben könnte?«, erkundigte sich Ruth. »Hatte Meta in letzter Zeit Streit mit jemanden, oder hatte sie Angst?«

Torben schüttelte den Kopf. »Sie war voll auf diesen Wettstreit fixiert. Was anderes gab es für sie nicht.« Er legte die Hand auf sein

Herz. »Ich war der einzige Leidtragende bei dieser Sache, weil sie mich vernachlässigt hat«, sagte er mit schwankender Stimme. »Aber deswegen werde ich nicht gleich zum Mörder!«

Oliver zog Torben mit dem um seinen Nacken gelegten Arm dichter zu sich heran, eine freundschaftliche, tröstende Geste, die in Torben einen Damm brechen ließ, denn er schluchzte laut auf und lehnte die Stirn an Olivers Schläfe.

»Können wir sonst noch was für Sie tun?«, fragte Oliver. »Sie sehen ja – Torben ist mit seinen Nerven völlig am Ende. Vielleicht lassen Sie ihn besser in Ruhe.« Er legte ihm jetzt eine Hand auf den Rücken. »Torben wird Ihnen schon nicht weglaufen. Ich habe ihm versprochen, dass er so lange bei mir unterschlüpfen kann, bis dieser Mord aufgeklärt wurde.«

Ruth nickte beiläufig. »Vielleicht versuchen Sie, ein bisschen weniger zu trinken«, sagte sie. »Alkohol taugt nicht viel zur Trauerbewältigung.«

Oliver verzog säuerlich das Gesicht. »Auf Wiedersehen«, sagte er und ließ die Tür zu schwingen; mit einem vernehmlichen Klacken fiel sie ins Schloss.

Hagen zog kritisch eine Augenbraue in die Stirn. »Für gute Ratschläge anscheinend nicht zugänglich«, kommentierte er.

Ruth hob eine Schulter. »Einen Versuch war es wert.« Sie drehte sich weg und ging auf die Treppe zu.

»Haben Sie immer noch den Eindruck, Torben könnte uns etwas vormachen?«, erkundigte sich Hagen, während er hinter seiner Chefin her die Stufen hinabschritt.

»Sie denn nicht?«, stellte Ruth eine Gegenfrage.

»Torben hat geweint«, sagte Hagen. »Ich fand, das sah ziemlich echt aus.«

Ruth zog die Haustür auf. »Die beiden sind mir ein bisschen zu entgegenkommend.« Graue Abenddämmerung umfing sie, als sie hinaustrat.

»Oliver war doch ausgesprochen ehrlich zu uns, als es um Torbens Alibi ging«, hielt Hagen dagegen. »Anstatt das Alibi zu bestätigen, hat er eingeräumt, dass er sich nicht ganz sicher ist, ob Torben wirklich die ganze Nacht in seiner Wohnung gewesen war.«

»Das könnte alles aus Berechnung geschehen sein«, entgegnete Ruth. »Er mimt die ehrliche Haut, damit seine Worte überzeugender wirken; und die besagen im Grunde, dass er es für ausgeschlossen hält, dass Torben in seinem schwer angetrunkenen Zustand die Wohnung in der Nacht verlassen haben könnte.«

Hagen seufzte überfordert und stieg in den Wagen. »Finden Sie, dass ich zu gutgläubig bin?«, fragte er, nachdem Ruth auf dem Beifahrersitz Platz genommen hatte.

Die Hauptkommissarin lächelte milde. »Wir werden sehen.«

Hagen presste selbstkritisch die Lippen aufeinander und startete den Motor.

*

Im elektronischen Postfach der Greetsieler Polizei wartete eine E-Mail aus dem kriminaltechnischen Labor in Emden auf die Ermittler. Hagen, der am PC meistes flinker als seine Chefin war, winkte Ruth zu sich an den Schreibtisch. »Es gibt eine Nachricht von unseren Kollegen«, sagte er aufgekratzt. »Es geht um Klaas Hugs Bronzestiefel, wie der Betreffzeile zu entnehmen ist.«

Die E-Mail war bereits geöffnet, als Ruth hinter Hagens Bürosessel trat. »Fehlanzeige«, sagte er zerknirscht. »Klaas Stiefel sind um zwei Nummern kleiner als die, die im Uferschlamm die Abdrücke hinterlassen haben. Die Form der Sohle weicht außerdem ab; sie ist schmaler.«

»Unser erfolgreiches Netzflickerduplikat hat Metas Leiche also nicht in die Gracht geworfen, wie es scheint«, merkte Ruth nachdenklich an.

Hagen lehnte sich in seinem Sessel zurück. »Andere Stiefel mit ähnlicher Sohle haben wir während der Durchsuchung des Gästehauses jedenfalls nicht gefunden.« Er seufzte. »Und Torben Bockel hat seiner eigenen Aussage zufolge nur Turnschuhe mit nach Greetsiel genommen.«

»Was noch nachzuprüfen wäre.«

Hagen sah zur Wanduhr. »Es wird nicht ganz einfach werden, für heute noch einen Durchsuchungsbeschluss für Oliver Pleitgens Wohnung zu bekommen. Der Staatsanwalt und der Untersuchungs-richter sind bestimmt nicht mehr in ihren Büros zu erreichen.«

»Versuchen Sie es trotzdem«, forderte Ruth ihren Partner auf. »Es ist wichtig, jetzt am Ball zu bleiben.«

Als Hagen zum Telefon griff, klopfte es an der Verbindungstür.

»Ja!«, rief Ruth.

Alice steckte den Kopf durch den Türspalt. »Frau Pollack vom *Krummhörner Boten* möchte Sie sprechen«, sagte sie und deutete mit einem Kopfnicken hinter sich.

Ruth stand ganz und gar nicht der Sinn danach, mit der umtriebigen Reporterin zu reden und sich von ihr mit Fragen löchern zu lassen.

»Ich glaube, sie hat Ihnen etwas Wichtiges mitzuteilen«, sagte Alice, die der Miene ihrer Chefin angesehen haben musste, dass sie drauf und dran war, ihr aufzutragen, die Reporterin abzuweisen.

Ruth seufzte schicksalsergeben. »Also gut.« Sie folgte Alice und ging bis zum Empfangstresen. Auf der anderen Seite stand Edna Pollack. Mit langem Hals versuchte sie, einen Blick ins Büro der Kommissare zu erhaschen.

»Was gibt es denn?«, fragte Ruth schlecht gelaunt.

Edna lächelte geheimnisvoll. »Mein rätselhafter Informant – er hat mir schon wieder einen E-Mail-Anhang geschickt. Erneut ein kleines delikates Filmchen.«

Ruth war augenblicklich wie elektrisiert. »Wurde diese Mail von derselben Adresse verschickt wie das Video mit der sich übergebenden Meta?«

Edna nickte. »Und nicht nur das. Diese Mail wurde wahrscheinlich sogar mit demselben Handy abgeschickt. Jedenfalls stand am Ende der Nachricht wieder, dass sie mit dem Smartphone versendet wurde.«

Ruth schaute die Reporterin prüfend an. Edna konnte nicht wissen, dass es sich bei diesem Apparat um Metas verloren gegangenes Handy handelte. Aber sie schien etwas in diese Richtung zu ahnen. »Worum geht es in diesem Video?«

»Es hat nichts mit Meta Sasse, dem Mordopfer, zu tun. Jedenfalls nicht direkt.«

»Nun sagen Sie es schon!«

»Diesmal steht unser talentierter Pantomimekünstler Klaas Hug im Fokus.« Edna verzog das Gesicht. »Und wie Meta, so kommt auch er nicht besonders gut weg in dem Film.«

»Leiten Sie diese Mail bitte umgehend an unsere Polizei-Adresse weiter«, forderte Ruth.

Edna gehorchte und machte sich an ihrem Handy zu schaffen. »Ich kann mir wahrscheinlich sparen, nachzufragen, ob ich von Ihnen eine Gegenleistung für diese Informationsweitergabe bekomme.«

»Zeigen Sie mir das Video«, verlangte Ruth, ohne auf Ednas Worte einzugehen.

Die Reporterin verzog säuerlich das Gesicht, befolgte die Anweisung dann aber trotzdem. Mit ausgestrecktem Arm hielt sie der Hauptkommissarin ihr Smartphone vor die Nase.

Ruth zog den Kopf zurück, um besser sehen zu können. Sie erblickte Klaas und Theda auf dem Bildschirm. Sie standen sich auf dem Flur des Ferienhauses gegenüber. Die Aufnahme musste irgendwann nach der Veranstaltung auf dem Marktplatz entstanden sein, denn Theda war zwar bereits abgeschminkt, trug aber noch ihr fantasievolles Garnelenkostüm, während Klaas sich die Bronzefarbe noch nicht aus den Haaren gewaschen hatte. Theda lehnte mit den Schultern an der Wand, hielt die gefalteten Hände hinterm Rücken und sah keusch zu Klaas auf. Ihr unschuldiger Gesichtsausdruck wollte nicht so ganz zu ihrer kecken Körperhaltung passen, die wegen ihres Hohlkreuzes und der rausgestreckten Brust recht einladend wirkte. Klaas schien für Thedas Reize allerdings unempfänglich. »Geht es dir denn nicht manchmal auch so?«, fragte er.

Theda zuckte mit den Schultern. »Nö«, sagte sie leichthin und offenkundig nicht ganz beim Thema. Ihr stand nicht der Sinn nach einem Gespräch mit dem Pantomimekünstler; ihr gingen ganz andere Dinge durch den Kopf.

»Wie die Leute einen immer anstarren!« Klaas schüttelte sich. »Das ist echt gespenstisch, wenn nicht sogar skurril.«

Theda zog die Hände hinter dem Rücken hervor und verschränkte die Arme. Sie wirkte jetzt leicht verärgert. »Warum trittst du denn überhaupt in der Öffentlichkeit auf, wenn du es nicht ausstehen kannst, angeschaut zu werden?« Sie lächelte vieldeutig. »Ich genieße es jedenfalls zu wissen, dass ich bewundert werde.« Sie sah Klaas unverwandt an. »Ich spüre dann ein regelrechtes Kribbeln am ganzen Körper. So wie jetzt auch.«

Klaas war für Thedas Signale nicht empfänglich, das war nicht zu übersehen. »Mir kommen diese Menschen immer wie dumme Schafe vor«, sagte er mit finsterer Miene. »Wie kann es sein, dass sie sich so leicht beeindrucken lassen? Mangelt es ihnen etwa an Fantasie und Vorstellungskraft?«

Theda furchte unwillig die Stirn und sah Klaas voller Unverständnis an. »Mit dir stimmt doch was nicht«, sagte sie unwirsch. »Du bist mir echt zu schräg!« Mit den Händen stieß sie Klaas vor die Brust, sodass er verdattert zurücktaumelte. Kopfschüttelnd wandte sie sich ab und ging. Dabei schritt sie direkt auf die sie filmende Kamera zu. Das Bild verwischte hektisch und kurz darauf endete das Video.

»Jemand hat die beiden heimlich mit einem Handy gefilmt, wenn Sie mich fragen«, sagte Edna. Sie klappte die Hülle ihres Smartphones zu und schob es in ihre Jackentasche. »Und dieser Jemand hat sich schnell aus dem Staub gemacht, bevor er von Theda entdeckt werden konnte.«

Ruth überlegte, ob Hagen und sie womöglich noch in dem Gebäude gewesen waren und die Zimmer durchsucht hatten, als das Video entstanden war.

In diesem Moment kam ihr Partner aus dem Büro gestürmt. Als er Edna sah, verharrte er zögernd. »Ich – habe mir dieses Video gerade angesehen, das Sie an uns weitergeleitet haben.« Er kam an den Tresen. »Wann ist es Ihnen geschickt worden, Frau Pollack?«

»Vor knapp einer halben Stunde.« Edna sah noch einmal auf dem Smartphone nach und nannte dann die korrekte Uhrzeit.

Hagen warf seiner Chefin einen eindringlichen Blick zu. »Das war, kurz nachdem wir Oliver Pleitgens Wohnung verlassen haben!« Er drehte sich um und marschierte ins Büro zurück. »Die Mail wurde zweifelsfrei mit Metas Handy verschickt!«, rief er. »Ich werde den Provider kontaktieren und nachprüfen, von wo aus sie gesendet wurde.«

Ruth bedachte die Reporterin, die aufmerksam zugehört hatte, mit einem frostigen Lächeln. »Da haben Sie Ihre Gegenleistung für Ihre Informationsweitergabe.«

Edna verzog vergnügt einen Mundwinkel. »Ein Hoch auf noch nicht ganz so erfahrene Kriminalkommissare«, sagte sie amüsiert.

Ruth seufzte. »Ich möchte Sie bitten, jetzt zu gehen. Wir haben zu arbeiten.«

Edna nickte einsichtig und wandte sich ab. Als sie die Eingangstür aufzog, rief Ruth ihr zu: »Werden Sie im *Krummhörner Boten* von Klaas' seltsamer Sichtweise auf seine Bewunderer berichten?«

Edna drehte sich halb zu der Hauptkommissarin um. »Ich denke schon. Was ich eben aus dem Mund von Herrn Reese erfahren habe, werde ich vorerst für mich behalten«, kam sie Ruth zuvor, der eine entsprechende Anweisung bereits auf der Zunge lag. »Schließlich will ich Ihnen Ihre Arbeit nicht unnötig schwer machen.« Sie hob grüßend eine Hand und verließ die Polizeiwache.

»Sie werden es nicht glauben!«, rief Hagen von seinem Schreibtisch aus durch die geöffnete Verbindungstür. »Metas Handy ist im Emsweg, ganz in der Nähe des Möwensteerts, kurz angeschaltet worden. Und zwar genau zu dem Zeitpunkt, als Frau Pollack die Mail zugeschickt wurde!«

»Wenn Sie noch lauter rufen, wird unsere Reporterin es sogar draußen auf der Straße noch hören können!«, rief Ruth leicht ungehalten zurück.

»Oh!« Hagen räusperte sich verlegen. »Die habe ich in der Aufregung ganz vergessen.«

*

Kurz darauf saßen Ruth und Hagen abermals im zivilen Einsatzwagen. Der Durchsuchungsbeschluss für Oliver Pleitgens Wohnung steckte in Hagens Jackentasche. Mit zerknirschter Miene lenkte er den BMW durch die sich auf das Fischerdorf herabsenkende Nacht Richtung Emsweg. Die beleuchteten Fenster der Restaurants in den kleinen, putzigen Häusern wirkten anheimelnd, und hier und da stach eine von den Straßenlaternen beleuchtete Fassade aus dem Dunkeln.

»Es tut mir leid«, sagte Hagen und warf seiner Chefin einen kurzen Blick zu.

Ruth atmete tief durch. »Zum Glück hatte ich Frau Pollack bereits aus der Wache hinauskomplimentiert. Sollte sie Ihr Rufen draußen dennoch gehört haben, bin ich mir sicher, dass sie diese Informationen erst verwenden wird, wenn dies unseren Ermittlungen nicht mehr schaden kann.« Sie bedachte Hagen mit einem milden Lächeln. »Sie ist eine besonnene Journalistin.«

»Und ich ein hitziger, unbedachter Tor«, ergänzte Hagen reumütig.

»Passen Sie das nächste Mal einfach besser auf, was Sie sagen. Und damit lassen wir es jetzt gut sein.«

Hagen nickte, froh darüber, dass die Sache damit für ihn durchgestanden war. »Diese unbekannte Person, die das Video heimlich gefilmt hat … sie könnte sich in dem Ferienhaus aufgehalten haben, als wir die Zimmer durchsuchten«, wechselte er das Thema.

Ruth nickte bedächtig. »Gut möglich, dass es einer der Straßenkünstler war.«

»Wenn es so wäre, dann kommen dafür eigentlich nur Meinert Vollmann und Eske Liebig infrage.«

Ruth wiegte abwägend den Kopf. »Tjado kann es auch gewesen sein. Vielleicht saß er gar nicht bei seinem Pflastergemälde, sondern ist uns heimlich nachgeschlichen.« Sie bedauerte es, diesen kreativen Burschen verdächtigen zu müssen, von dessen Kunst sie so angetan gewesen war, aber ihn deswegen auszuschließen, kam ihr natürlich nicht in den Sinn.

Hagen bog in die Straße Zur Hauener Hooge ein. »Ich tippe ja eher darauf, dass es Torben Bockel war.« Er bedachte Ruth mit einem kurzen Blick. »Metas Freund ist Ihnen ja sowieso suspekt. Wahrscheinlich lagen Sie mal wieder richtig. Vielleicht hatte er sich unbemerkt im Ferienhaus herumgetrieben und mit Metas Handy alles gefilmt, was ihm vor die Kameralinse kam.«

»Um diskreditierende Szenen aufzunehmen, die er Edna Pollack zuspielen kann?«

Hagen zuckte mit den Schultern. »Warum nicht? Möglicherweise will er den Straßenkünstlern schaden, weil er sie alle hasst, denn nicht zuletzt wegen ihnen hatte Meta ihn sträflich vernachlässigt.«

Ruth wiegte abwägend den Kopf. »Das wäre natürlich denkbar. Wobei ich mich natürlich frage, wie Torben das durchgeführt haben sollte, ohne dabei von den Künstlern gesehen zu werden.«

Hagen scherte mit dem Wagen in den Emser Weg ein. »Wenn Torben es war, ist er noch viel durchtriebener, als selbst Sie es angenommen haben. Das Smartphone seiner ermordeten Freundin zu benutzten – dazu gehört schon eine ziemliche Portion Unverfrorenheit.«

Wenig später stoppte Hagen den BMW vor dem Wohnhaus im Möwensteert. Etliche Fenster des Mietshauses waren beleuchtet, und wie es der Zufall wollte, stand die Mondsichel direkt über dem hohen Dach.

»Es scheint jemand zu Haus zu sein«, sagte Hagen und deutete zu einem der Fenster hinauf, das zu Oliver Pleitgens Wohnung gehörte. Ein kaltes bläuliches Flimmern erhellte die Scheibe. »Entweder sie sehen fern oder sie zocken am Bildschirm ein Game.«

*

»Sie schon wieder?« Oliver Pleitgen furchte mürrisch die Stirn. »Wissen Sie überhaupt, wie spät es ist?«

Hagen hielt den Durchsuchungsbeschluss vor den Türspalt. »Lassen Sie uns bitte in Ihre Wohnung.«

Oliver las das Dokument aufmerksam, ehe er sich dazu herabließ, die Wohnungstür ein bisschen weiter zu öffnen und beiseitezutreten. »Sie haben sich ja wohl auf meinen Kumpel eingeschossen, wie es aussieht«, sagte er missgestimmt. »Warum wollen Sie nicht glauben, dass Torben gar nicht fähig ist, jemanden zu ermorden – und schon gar nicht einen Menschen, den er über alles geliebt hat?«

»Wir gehen allen Verdachtsfällen gleichermaßen nach«, belehrte Hagen ihn, drückte die Tür gänzlich auf und trat über die Schwelle.

»Dann mal viel Spaß.« Oliver deutete sarkastisch um sich. »Toben Sie sich meinetwegen aus. Unordentlicher, als es bei mir derzeit ist, können Sie es sowieso nicht mehr machen.«

Ruth und Hagen folgten Oliver ins Wohnzimmer. Dort saß Torben auf dem Boden, den Rücken an die Couch gelehnt, die mit einer Wolldecke und Kissen ausgestattet offenbar als Gästebett herhalten musste. In seinen Händen hielt er einen Game-Controller, dessen Kabel in einer Spielekonsole endete. Ein zweiter Controller lag neben ihm, nebst aufgerissenen Chipstüten und Bierdosen. Auf dem Bildschirm des Fernsehers, der nur knapp einen Schritt von Torben entfernt auf dem Boden stand, war die Landschaft einer Autorennstrecke zu sehen. Die Szene war eingefroren; das Spiel pausierte.

Hoffnungsvoll sah Torben die Ermittler an. »Es war Eske Liebig, nicht wahr?«, sagte er. »Haben Sie sie endlich dingfest gemacht?«

»Die sind hier, um meine Bude zu durchsuchen«, klärte Oliver ihn auf.

»Was?« Torben zog die ausgestreckten Beine an den Körper. »Wieso das denn?«

»Sie gehen Verdachtsfällen nach«, spottete sein Freund. Er ließ sich neben Torben auf den Boden plumpsen und schnappte sich seinen Controller. »Lass sie nur machen«, sagte er. »Außer Chaos werden sie bei mir nichts finden. Vielleicht begreifen sie dann endlich, dass sie auf der falschen Fährte sind.«

Er ließ das Rennen weiterlaufen, aber Torben, der zu abgelenkt war, fuhr seinen Sportflitzer sofort gegen den nächsten Baum.

Ruth und Hagen begann sich im Raum umzusehen. Ihnen stand unzweifelhaft eine undankbare Aufgabe bevor, denn in dem Zimmer herrschte ein heilloses Durcheinander. Von Aufräumen hielt Oliver offenkundig nur wenig. Auf dem Fußboden verstreut lagen alle möglichen Dinge, die dort achtlos liegengelassen wurden, nachdem sie benutzt worden waren. Bücher, Comic-Hefte und Kleidungsstücke bildeten einen dichten Teppich, der es schwer machte, eine freie Stelle zu finden, wo man den Fuß hinsetzen konnte, ohne dabei Gefahr zu laufen, auf etwas zu treten.

Hagen befasste sich kurz mit dem PC, der auf einem klapprigen Schreibtisch stand. Anschließend ging er auf die beiden Gamer zu und forderte sie auf, ihn einen Blick auf ihre Handys werfen zu lassen. Mit genervten Mienen kamen sie der Aufforderung nach, wobei sie das Rennen einfach weiterlaufen ließen und den Controller einhändig bedienten.

Ruth ging trotz der herrschenden Unordnung akribisch vor. Da sie wusste, wonach sie suchten, kam sie relativ schnell voran, sodass sie und Hagen sich nach einer Weile die übrigen Zimmer vorknöpfen konnten.

Mit der Küche und dem Badezimmer waren sie schnell durch, Räume, die einen intensiven Putzeinsatz dringend nötig gehabt hätten. Hagen verzog mehrmals angewidert das Gesicht, aber Ruth, die schon schlimmer vernachlässigte Wohnungen gesehen hatte, nahm es gelassen. Oliver gehörte anscheinend zu der Sorte von Männern, die es nicht gelernt hatten, einen Haushalt zu führen, oder es war ihm schlichtweg egal, dass sich in seiner Wohnung überall Unordnung und Dreck breitmachten. Ruths Erfahrung nach wohnten derart veranlagte Männer meist allein, weil es niemand lange mit ihnen aushielt.

Im Schlafzimmer machte Ruth dann eine Entdeckung, die ihr ein wenig zu denken gab. Im ansonsten unordentlichen Kleiderschrank hingen fein säuberlich ein paar Sachen, die eindeutig einer Frau gehörten. Auf einem Regalbrett fand sie Toilettenartikel, die ausschließlich nur Frauen benötigten. Diese Utensilien sahen allerdings aus, als wären sie achtlos in das Fach hineingeworfen worden. Eigentlich gehörten sie ins Badezimmer. Dort hatte allerdings nichts darauf hingedeutet, dass Oliver hin und wieder Damenbesuch bekommen würde.

Ruth sah sich nun mit anderen Augen im Schlafzimmer um, suchte nach Anzeichen, die verrieten, dass sich eine Frau hier aufgehalten haben könnte. Aber es ließ sich nichts Derartiges finden.

»Was haben Sie?«, erkundigte sich Hagen, dem aufgefallen war, dass sich das Verhalten seiner Chefin leicht verändert hatte.

Ruth zuckte unschlüssig mit den Schultern. »Hatte Torben während unserer Befragung im Verhörzimmer nicht kurz angedeutet, dass Oliver eine Freundin hätte?«

Hagen nickte. »Er sagte, er und Oliver hätten in der Nacht, in der Meta ermordet wurde, in dieser Wohnung gemeinsam über ihre Freundinnen gelästert und dabei ein bisschen was getrunken.«

»Es muss mehr als nur ein bisschen Alkohol geflossen sein, wenn es stimmt, was Oliver uns über Torbens Zustand in jener Nacht erzählt hat.« Ruth griff in das Schrankfach und holte ein Parfümflakon hervor. Es handelte sich um eine teure Marke, und das Fläschchen war noch zu dreiviertel voll.

Ruth beschlich ein ungutes Gefühl. Sie verließ den Schlafraum, ging ins Wohnzimmer und stellte sich vor den Bildschirm.

»Was soll das?« Oliver warf den Controller genervt zwischen seine ausgestreckten Beine.

Ruth schwenkte den Flakon, dessen Hals sie zwischen Daumen und Zeigefinger hielt, wie eine kleine Glocke. »Wem gehören die Toilettenartikel in Ihrem Kleiderschrank?«, fragte sie.

»Na wem wohl – meiner Freundin natürlich«, gab Oliver patzig zurück.

»Wie heißt sie, und wo wohnt sie?«

Oliver setzte sich unbehaglich auf. »Warum wollen Sie das wissen?«, fragte er argwöhnisch. »Was hat Birte mit dem Mord an Meta zu tun?«

»Beantworten Sie meine Frage.«

Oliver schnaufte gereizt. »Wie gesagt: Sie heißt Birte, Birte Fiedler. Und wo sie derzeit untergekommen ist, das weiß ich nicht.«

»Was soll das heißen?«

»Das, was ich gesagt habe: Wo Birte sich derzeit rumtreibt, weiß ich nicht!«

»Bei ihren Eltern hat sie sich jedenfalls auch nicht gemeldet«, mischte sich Torben ein. »Offenbar ist sie abgetaucht.« Er bedachte seinen Freund mit einem flüchtigen Blick. »Nach diesem Streit mit Oliver.«

»Und vorher hatte Birte bei Ihnen gewohnt?«, erkundigte sich Ruth an Oliver gerichtet.

»Ja.« Er verschränkte die Arme. »Seit sie fort ist, rühre ich hier keinen Finger mehr. Sie wird schon sehen, was sie davon hat, mich so einfach mir nichts dir nichts im Stich zu lassen.«

»Worum ging es in dem Streit?« Ruth bemerkte, dass Hagen in der Tür stand und die Unterhaltung interessiert verfolgte. Wahrscheinlich fragte er sich, was in seine Chefin gefahren war, dass sie plötzlich so viel über Olivers Freundin wissen wollte.

Oliver winkte ab. »Das Übliche eben: Ich soll öfter aufräumen und sauber machen, mir endlich einen vernünftigen Job suchen, nicht so viel zocken … Da kam einiges zusammen. Und dann bin ich eben ausgerastet, habe sie angeschrien, gemeint, dass es mir reicht mit ihr und ihrem mütterlichen Getue.« Oliver presste die Lippen aufeinander. »Sie hat die Wohnung wortlos verlassen. Seitdem weiß ich nicht, wo sie ist. Sie geht nicht an ihr Handy; sie ignoriert mich einfach.«

»Wann war das? Wann hat Birte Sie verlassen?«

»Einen Tag, bevor Torben bei mir auftauchte.« Oliver lächelte schwach. »Er hatte auch Stress mit seiner Freundin. Und da haben wir uns eben zusammengetan.«

Ruth winkte Hagen herbei. »Notieren Sie sich alle Daten, Telefonnummer, Adresse der Eltern und so weiter. Wir müssen herausfinden, was mit Birte Fiedler geschehen ist!«

Oliver stemmte sich am Sofa hoch. »Was soll das?«, fragte er entgeistert. Besorgt sah er zwischen den Ermittlern hin und her, und plötzlich riss er verstehend die Augen auf. »Sie denken, sie ist ermordet worden!«, rief er erschüttert. »So wie Meta?!«

»Das habe ich nicht behauptet«, versicherte Ruth.

»Und ob Sie das haben!« Oliver wirkte jetzt regelrecht panisch. »Nicht mit Worten – aber es ist klar, was Ihre Fragen zu bedeuten haben!«

Ruth hob begütigend die Hand, in der sie den Flakon hielt. »Beruhigen Sie sich. Wir gehen lediglich Hinweisen auf den Grund.«

»Was denn für Hinweise?« Oliver zeigte auf die Parfümflasche. »Reden Sie etwas von diesen Toilettenartikeln?«

Torben kam nun ebenfalls auf die Beine. »Am besten, du sagst jetzt gar nichts mehr«, riet er seinem Freund.

»Warum das denn?«

»Überleg doch mal«, sagte Torben eindringlich. »Diese Kommissare haben mich in Verdacht, Meta ermordet zu haben. Und da liegt es nahe, dass sie in Bezug auf Birte dasselbe jetzt von dir denken, nun da sie wissen, dass deine Freundin nach einem Streit mit dir spurlos verschwunden ist. Wahrscheinlich werden sie demnächst nach ihrer Leiche suchen.«

Oliver ließ sich aufs Sofa plumpsen. »Das kann doch alles nicht wahr sein!«, keuchte er.

»Sie steigern sich da in etwas hinein«, versuchte Hagen die beiden Männer zu beschwichtigen. »Wie gesagt: Wir gehen nur Hinweisen nach.«

Torben verzog spöttisch den Mund. »Klar.«

Hagen holte sein Handy hervor. »Ich notiere mir jetzt die Daten Ihrer Freundin. Wir halten Sie auf dem Laufenden, sobald wir Neues erfahren.« Er sah Oliver an. »Haben Sie ein Foto von Birte?«

Mit mechanischer Stimme sagte Oliver das Geforderte auf und Hagen tippte auf dem Smartphonedisplay herum. Anschließend zog er sein Portemonnaie aus der Gesäßtasche, holte ein zerknittertes Foto hervor und überreichte es Hagen. Eine Frau mit roten Haaren und Sommersprossen auf den Wangen war darauf zu sehen. Keck sah sie den Betrachter an.

»Wir müssen Ihre Handys konfiszieren«, sagte Ruth. »Und den Computer nehmen wir auch mit.«

Oliver machte eine kraftlose Geste. »Von mir aus. Bedienen Sie sich.«

*

Zehn Minuten später hatte Hagen den PC im Kofferraum des zivilen Einsatzwagens verstaut und setzte sich neben Ruth auf den Fahrersitz. Ein zusätzliches Handy, das Meta gehört haben könnte, hatten sie in der Wohnung genauso wenig gefunden wie Stiefel mit glatter Sohle und markanten Absätzen.

»Mit einer solchen Entwicklung hätte ich nun wirklich nicht gerechnet«, sagte Hagen und seufzte abgespannt. Fragend sah er seine Chefin an, die gerade die Telefonnummer von Birte Fiedlers Eltern in ihr Handy eingab. Sie wohnten in Pewsum. »Auf was sind wir da bloß gestoßen?«

Ruth gebot ihm mit einer Geste zu schweigen und hielt sich das Smartphone ans Ohr.

Peter Fiedler, Birtes Vater, meldete sich. Ruth erklärte dem Mann, dass sie nach seiner Tochter suchten, und erkundigte sich, ob sie sich inzwischen gemeldet hätte.

»Nein – das hat sie nicht.« Sorge mischte sich in Peter Fiedlers Stimme. »Meine Frau und ich hatten vorgehabt, Birte morgen als vermisst zu melden, wenn wir bis dahin nichts von ihr gehört haben.« Er zögerte. »Hat sie etwa was angestellt?«

»Ist es schon öfter vorgekommen, dass Ihre Tochter für mehrere Tage unauffindbar geblieben ist?«, fragte Ruth.

»Nein, bisher noch nicht. Müssen wir uns um sie denn jetzt Sorgen machen?«

»Wir wollen lediglich ihren Verbleib aufklären«, gab Ruth zurück. »Gegen Ihre Tochter liegt polizeilich nichts vor.«

Peter Fiedler atmete angestrengt. »Das ist alles nur Olivers schuld. Seit Birte mit diesem Taugenichts zusammenlebt, kommt sie selbst auch nicht auf einen grünen Zweig. Oliver übt einen schädlichen Einfluss auf unsere Tochter aus, und ich hoffe, dass ihr das jetzt endlich bewusst geworden und sie deshalb abgetaucht ist, um einen klaren Kopf zu bekommen!«

»Wir melden uns bei Ihnen, sobald wir etwas über Ihre Tochter herausgefunden haben«, versprach Ruth, verabschiedete sich und unterbrach die Verbindung. Absichtlich hatte sie mit keinem Wort erwähnt, dass Birtes Verschwinden womöglich mit dem Mord an der Straßenkünstlerin Meta Sasse in Zusammenhang stand. Sie fand, dass sie für heute genug Staub aufgewirbelt hatte, und wollte Birtes Eltern nicht unnötig beunruhigen. Außerdem war es nur ein vager Verdacht, der mehr auf einem unguten Gefühl, denn auf Fakten beruhte.

Hagen stieß hörbar Luft aus. »Und jetzt – was machen wir jetzt?«

Ruth deutete mit dem Daumen hinter sich. »Ich hole jetzt meinen Wagen und bringe die Telefone und den PC nach Emden, damit die Geräte von den Spezialisten schnellstmöglich analysiert und nach verdächtigen Inhalten durchsucht werden. Und Sie, Hagen, bleiben die Nacht über mit unserem Einsatzwagen hier und beobachten unsere Freunde dort oben. Ich traue denen nämlich nicht über den Weg.«

Hagen nickte einsichtig. »Bringen Sie mir ein Sandwich und etwas zu trinken mit? Dann muss ich Dünya nicht bitten, mich vor Ort zu versorgen.«

Ruth schenkte ihrem Partner ein aufmunterndes Lächeln. »Machen Sie es sich in Ihrem Wagen nicht zu gemütlich«, mahnte sie. »Sonst schlafen Sie am Ende noch ein. Um vier Uhr löse ich Sie ab.«

Kapitel 5

Ein wundervoller Morgen mit blankem Himmel und milden Temperaturen begrüßte die Menschen in Greetsiel. Otto Eumer steckte der Schrecken über den gestrigen Fund der Leiche allerdings immer noch in den Knochen. Inzwischen hatte es sich im Ort herumgesprochen, dass es sich bei der Toten um eine Teilnehmerin des Wettkampfs der Straßenkünstler handelte. Otto hatte die Veranstaltung auf dem Marktplatz gestern besucht, von Mike Repsold eine Goldmünze aus Plastik erhalten und sie dem Straßenmusikanten Meinert Vollmann in den Hut geworfen. Otto hatte es beachtlich gefunden, wie virtuos dieser junge Mann die Shantys mit seinen Instrumenten ganz allein zum Besten gegeben hatte. Er fand es nach wie vor bedauerlich, dass nicht Meinert, sondern sein Kollege, der als Netzflicker-Statue aufgetreten war, die erste Runde des Wettstreits gewonnen hatte.

Dies alles und noch viel mehr hatte Otto an diesem Morgen die spontane Entscheidung treffen lassen, das Frühstück persönlich in das Gästehaus der Künstler zu bringen. Mike Repsold, der in der *Friesenkrone* logierte, hatte im Vorfeld der Veranstaltung mit dem Hotelmanagement vereinbart, dass die Küche die Verköstigung der Wettstreitteilnehmer übernehmen sollte. Die Speisen wurden von der *Friesenkrone* wie vereinbart frei Haus geliefert, eine Aufgabe, die sonst der Küchenjunge erledigte, um die Otto sich an diesem Morgen aber persönlich kümmern wollte.

Er bockte das Lastenfahrrad vor dem Eingang des Ferienhauses auf, nahm die Styroporboxen mit den Lebensmitteln darin von der Ladefläche und marschierte auf die Tür zu. Er legte das Kinn auf den Kistenturm, damit er diesen auf einem Arm halten konnte, ohne dass ihm das Ganze entglitt, und zog mit der freien Hand die Schlüsselkarte durch das Schloss. Mit der Schulter stieß er die Tür auf und betrat mit einem fröhlichen »Moin allerseits«, den Flur.

Perplex blieb er stehen, als eine Frau aus einem der Gästezimmer gestürzt kam. Es handelte sich um die Messerjongleurin, wie Otto sofort erkannte. Sie war leichenblass im Gesicht und hielt den verbundenen Arm, den sie sich während der Vorstellung verletzt hatte, wie ein Kind an ihre Brust gedrückt. Entgeistert sah sie Otto an, öffnete und schloss den Mund, brachte jedoch nur ein hohles

Krächzen zustande. Die Frau stand unter Schock, das war unverkennbar.

»Was ist denn los?«, fragte Otto mitfühlend. Eske hieß die Frau, wie ihm jetzt einfiel.

Die Jongleurin deutete mit dem gesunden Arm in das Zimmer, aus dem sie gekommen war. »Da … da liegt ein Toter. Meinert … er ist nicht mehr am Leben!«

Otto hatte das Gefühl, eine unsichtbare Faust würde ihn würgen. Die Situation fühlte sich unreal an, und er fragte sich, ob er vielleicht noch im Bett lag und gerade von einem Albtraum heimgesucht wurde.

Dann obsiegte sein ostfriesischer Pragmatismus. Er stellte die Kisten auf den Boden, schob sich an Eske vorbei und ging in das Zimmer, in dem angeblich der tote Straßenmusiker liegen sollte. Ottos Bewegungen verlangsamten sich, ohne dass er es wollte. Entsetzt starrte er das zerwühlte Bett an, in dem Meinert Vollmann gefesselt lag. Im Mund des Straßenmusikers steckte ein Knebel. Zusammengekrümmt lag er auf der Seite, seine Augen waren gebrochen.

Das Gesicht war stark gerötet und mit Quaddeln übersät.

So wie bei Eske, so kam bei Otto jetzt auch bloß ein Krächzen über die Lippen. Trotzdem näherte er sich dem Bett, und er brachte es sogar fertig, die Finger an Meinerts Hals zu legen.

»Kein Puls«, stellte er fest. Bis zuletzt hatte er gehofft, dass Meinert seinen Kollegen bloß einen makaberen Streich spielen wollte. Aber er war tatsächlich tot!

Fast wäre Otto das Handy aus den Fingern geglitten, als er den Apparat jetzt aus der Hosentasche fischte. Wie tags zuvor in seinem Ruderboot wählte er die Nummer der Greetsieler Polizei, um den Fund einer leblosen Person zu melden. Diesmal entschied er sich jedoch, Hauptkommissarin Ruth Fasan direkt anzurufen, denn für ihn stand außer Zweifel, dass sich unter den Straßenkünstlern erneut ein Mord ereignet hatte!

*

Gut eine Stunde später schüttelte Frank Fixlmillner mit finsterer Miene den Kopf. Für die Untersuchung der Leiche von Meinert Vollmann hatte er nicht mehr als zehn Minuten benötigt. »Dieser

Mann starb an einem anaphylaktischen Schock«, erläuterte er. »Die Symptome sind eindeutig. Er hätte überlebt, wenn ihm Adrenalin gespritzt worden wäre und eine Herzdruckmassage nebst Beatmung durchgeführt worden wäre.« Frank bedachte den Toten mit einem bedauernden Blick. »Aber sein Mörder hat es verstanden zu verhindern, dass sein Opfer Hilfe herbeirufen oder aus seinem Zimmer kriechen konnte.«

Ruth stand vor der Wand neben der Tür. Sie wollte den Kollegen der Spurensicherung nicht im Weg stehen, die das Zimmer gründlich unter die Lupe nahmen. »Können Sie feststellen, was diesen Schockzustand ausgelöst hat?«

»Das ist nicht allzu schwer.« Der Rechtsmediziner beugte sich über das Bett. Mit seinen knapp zwei Metern Körpergröße und dem wirren Haar wirkte er in dem weißen Staubanzug wie ein ungeschlachter Wissenschaftler aus einem Frankensteinfilm. Mit den Fingern seiner behandschuhten Hand klaubte er etwas von der pulverigen Substanz auf dem Kissen rund um den Kopf des Toten auf. Prüfend schnupperte er daran und nickte. »Gemahlene Erdnüsse«, sagte er. »Meinert Vollmann litt aller Wahrscheinlichkeit nach an einer Erdnussallergie. Das hat sich sein Mörder zunutze gemacht.« Er griff nach dem Kinn des Toten, dem er den Knebel während der Untersuchung abgenommen hatte. »Reste des Erdnussmehls kleben noch im Rachenraum und in der Speiseröhre«, erläuterte er in der Manier eines dozierenden Professors. Frank war ein Mann, der sich gerne reden hörte, sich aber auch bewusst war, dass er Interessantes zu sagen hatte. »Das Pulver ist ihm zweifelsfrei gegen seinen Willen zugeführt worden. Er war gefesselt und hatte sich gesträubt, wie der zerwühlte Zustand des Bettes erahnen lässt. Sein Widersacher wird allerdings stärker gewesen sein und trichterte ihm das Mehl gewaltsam ein. Anschließend knebelte er Meinert Vollmann und ließ ihn zum Sterben zurück.«

Max Engel, der Chef der Spurensicherung, wandte sich von der gegenüberliegenden Wand der Hauptkommissarin zu. »Der Täter ist vermutlich durch das Fenster eingestiegen und hat das Zimmer auf diesem Weg auch wieder verlassen«, erläuterte er.

Ruth nickte dem Kollegen dankend zu und richtete sich dann erneut an Fixlmillner. »Ich hatte noch keine Gelegenheit, nachzusehen, ob Ihr Abschlussbericht über die Obduktion von Meta Sasse bei uns eingetroffen ist«, sagte sie.

»Die habe ich Ihnen gestern am späten Abend zukommen lassen.«
Frank lächelte zuvorkommend. »Ich gebe Ihnen gerne eine kurze
Zusammenfassung: Meta starb eindeutig an Genickbruch, wie ich bei
der ersten Inaugenscheinnahme der Leiche bereits vermutet hatte.
Der Tod trat in etwa kurz vor Mitternacht ein. Wenig später wurde
sie dann in die Gracht geworfen.« Er deutete auf Meinert Vollmann.
»Dieser arme Bursche hier wird seit etwa sechs Stunden tot sein.
Genaueres erfahren Sie von mir wie gehabt nach der Untersuchung
in der gerichtsmedizinischen Abteilung.«

Ruth sah auf ihre Armbanduhr. Es war kurz nach acht. Der Mord an
Meinert Vollmann ereignete sich demnach etwa um zwei Uhr
morgens.

Max kam auf die Hauptkommissarin zu. »Vermutlich haben Sie den
Bericht unserer IT-Experten auch noch nicht gelesen.«

Ruth hob eine Schulter. »Ein Mord ist mir dazwischengekommen«,
scherzte sie trocken.

»Auf dem Computer und den Handys, die Sie gestern Abend bei
uns abgegeben haben, wurde nichts Verdächtiges gefunden.« Max
verzog leicht das Gesicht. »Jedenfalls nichts, was für den Mordfall
Meta Sasse relevant gewesen wäre.«

»Torben Bockel und Oliver Pleitgen haben mit ihren Handys nicht
miteinander kommuniziert?« Ruth hatte gehofft, dass sich die jungen
Männer in ihren Chats über ihre Freundinnen ausgetauscht hatten
und dabei womöglich Mordabsichten geäußert hätten.

»Die haben sich zum Zocken verabredet, mehr nicht. Was sie sonst
zu bereden hatten, haben sie wahrscheinlich auf die klassische Weise
vis-a-vis getan.«

»Und die Videos, die Meta und Klaas bloßgestellt haben, befanden
sich auch nicht auf diesen Apparaten?«

Max schüttelte den Kopf. »Dort nicht, und auf dem
beschlagnahmten PC ebenfalls nicht.«

Diese Nachricht stimmte Ruth nachdenklich. Aber sie fand vorerst
keine Gelegenheit, diese Information einzuordnen, denn in diesem
Moment rief eine Kollegin der Spurensicherung, dass sie etwas
gefunden hätte. Dabei wedelte sie mit einem Dokument in der Luft
herum. »Der Allergiepass des Mordopfers!«, verkündete sie. »Darin
wird ausdrücklich auf die Erdnussunverträglichkeit hingewiesen!«

»Wo haben Sie diesen Ausweis gefunden?«, wollte Max wissen.

»Im Koffer zwischen der Wäsche«, erhielt er zur Antwort. »Nicht der idealste Ort für ein so wichtiges Dokument, will ich meinen.«

Ruth furchte nachdenklich die Stirn, bedankte sich bei den Kollegen noch einmal und verließ das Zimmer. Sie ging in den Aufenthaltsraum, wo sich die Straßenkünstler versammelt hatten.

Otto Eumer hatte ein ansehnliches Büffet hergerichtet, aber die Künstler verspürten offensichtlich keinen Appetit, denn niemand rührte die Leckereien an, die der Chefkoch der *Friesenkrone* für sie so hübsch arrangiert hatte.

Otto Eumer schickte sich gerade an, den Raum zu verlassen, weil er in der Hotelküche Dringendes zu erledigen hatte, wie er ankündigte. Aber Ruth bat ihn, ihr noch eine Frage zu beantworten.

»War Ihnen bekannt, dass Meinert Vollmann unter einer Allergie litt?«

Der Koch nickte. »Erdnussallergie«, sagte er. »Herr Repsold hatte es mir mitgeteilt. Außer von Meinert gab es aber keine Sonderwünsche an die Küche, wie etwa, dass nur vegetarische oder vegane Kost gewünscht wurde.«

Ruth entließ den Chefkoch. Es hätte ihn wahrscheinlich in der Seele wehgetan, wenn er gesehen hätte, wie sich jetzt sogar eine Fliege auf einem der verschmähten Krabbenbrötchen niederließ.

Hagen Reese saß gemeinsam mit den Straßenkünstlern an einem Tisch und führte eine erste allgemeine Befragung durch. Ruth hatte ihren Partner dazu verdonnert, weil sie ihn um vier Uhr, als sie ihn hatte ablösen wollen, schlafend im zivilen Einsatzwagen vorgefunden hatte. Wie lange er weggetreten gewesen und Oliver Pleitgens Wohnung unbeaufsichtigt geblieben war, hatte er ihr nicht sagen können. Schuldbewusst sah er jetzt zu Ruth herüber. »Ich bin hier so gut wie fertig!«, rief er.

Ruth trat an den Tisch heran. »Hatte Herr Vollmann Ihnen erzählt, dass er unter einer Allergie litt?«, fragte sie in die Runde.

Einhelliges Nicken war die Antwort. »Er hatte sogar ein Lied darüber geschrieben«, sagte Klaas.

Ruth zog ihren Partner daraufhin mit sich auf den Flur hinaus.

»Dann erzählen Sie mal«, forderte sie Hagen auf. Es fiel ihr immer noch schwer, ihre Enttäuschung über Hagens Nachlässigkeit zu verbergen, die wegen des neuerlichen Mordes umso schwerer wog.

»Sie sind mir immer noch böse«, stellte Hagen geknickt fest.

Ruth atmete tief durch. »Meinert Vollmann wurde vermutlich um drei Uhr morgens ermordet«, sagte sie bloß.

Hagen kratzte sich zerknirscht die Wange. »Zu dem Zeitpunkt also, als Oliver und Torben unbewacht waren, weil ich eingeschlafen war.«

»Es wäre durchaus möglich, dass sich Torben oder auch beide Männer während Ihres Nickerchens heimlich aus dem Haus geschlichen haben und später dann zurückgekehrt sind, ohne dass Sie etwas davon bemerkt hätten«, sagte Ruth verärgert. Heute Morgen, als Otto Eumer sie über Handy anrief, um ihr von der Leiche im Ferienhaus zu berichten, waren Torben und Oliver jedenfalls zu Hause gewesen. Ruth hatte sie zuvor hinter einem der Wohnungsfenster erspäht.

»Ich würde es mir niemals verzeihen, sollte sich herausstellen, dass Meinert Vollmann von Torben ermordet wurde, weil ich gepennt habe«, sagte Hagen rau.

Ruth strich sich eine Haarsträhne aus der Stirn. »Konzentrieren wir uns jetzt lieber auf unsere Ermittlungen.« Sie versuchte sich an einem versöhnlichen Lächeln. »Was hat die Befragung der Straßenkünstler ergeben?«

»Keiner von ihnen will in der Nacht irgendetwas Verdächtiges bemerkt haben«, berichtete Hagen. »Tjado Timmel hätte am ehesten etwas mitbekommen können, da er das Zimmer neben dem von Meinert bewohnt. Aber er hatte sich Stöpsel ins Ohr gestopft, weil Meinert am späten Abend noch mit den Musikinstrumenten geübt hatte. Heute Morgen hat Tjado die Stöpsel angeblich erst wieder rausgenommen.«

»Und die anderen?«

Hagen zuckte mit den Schultern. »Eske, Theda und Klaas haben friedlich geschlafen. Dass in Meinerts Zimmer etwas vor sich ging, wollen sie nicht mitgekriegt haben.«

»Was ist mit Eske? Sie hat den Toten gefunden. Was hatte sie zu so früher Morgenstunde in Meinerts Zimmer zu suchen gehabt?«

Hagen rieb sich unbehaglich den Nacken. »Sie hatte sich von ihm wohl ein Musikinstrument ausleihen wollen. Eine Mundharmonika mit dazugehöriger Halterung, damit sie darauf spielen kann, während sie mit den Messern jongliert. Davon verspricht sie sich offenbar mehr Attraktivität für die nächste Show.«

»Und das ist ihr heute Morgen eingefallen?«

»Das behauptet sie jedenfalls.«

Ruth furchte unzufrieden die Stirn. »Kommen Sie mit«, sagte sie und marschierte in den Gemeinschaftsraum. Die Wettstreitteilnehmer hatten ihren Appetit anscheinend wiedergefunden, denn sie standen mit Tellern bewaffnet vor dem Buffet und luden sich reichlich auf.

»Nehmen Sie bitte alle Platz!«, wies Ruth die Künstler an, wobei sie strenger klang, als sie eigentlich wollte. »Ich habe Ihnen etwas zu zeigen!« Resolut zog sie die Tür hinter sich und Hagen ins Schloss.

*

Den Straßenkünstlern war ihr Unbehagen deutlich anzusehen. Betreten schauten sie einander an, während sie sich an den Tisch setzten. Sie stellten die Teller vor sich, aber keiner kam auf die Idee, sich an den Speisen zu bedienen, die darauf lagen.

»Was ist denn los?«, erkundigte sich Klaas beklommen. Seine Hände zitterten.

»Ich möchte Ihnen etwas vorführen.« Ruth ließ auf ihrem Smartphone das Video erscheinen, das heimlich von Klaas und Theda aufgenommen worden war. Die Wettstreitteilnehmer reckten die Hälse, als Ruth ihnen den Bildschirm entgegenhielt.

»Das bin ja ich!«, rief Klaas überrascht auf. »Und Theda«, fügte er dann beschämt hinzu.

»Sei still, ich will mitkriegen, was gesagt wird!«, fuhr Tjado ihn an.

Klaas schluckte trocken, während seine Stimme aus dem Handylautsprecher drang und deutlich zu hören war, wie er sich abfällig über seine Zuschauer äußerte.

Ruth beobachtete die vier Künstler aufmerksam. Klaas war die Sache sichtlich peinlich, während Theda eher gelassen reagierte. Tjado schüttelte bestürzt den Kopf. »Du spinnst doch, Klaas!«, sagte er betroffen. Eske zog die Unterlippe zwischen die Zähne und kaute nervös darauf herum.

»Hat jemand von Ihnen diese Aufnahme gemacht?«, fragte Ruth. Es wurde höchste Zeit abzuklären, ob einer der Künstler oder eine außenstehende Person für dieses Video verantwortlich war.

»Klaas oder Theda werden es jedenfalls nicht gewesen sein«, warf Tjado trocken ein. »Denn die sind ja in voller Pracht auf dem Video zu sehen. Und ich war es auch nicht!«

Die Blicke richteten sich auf Eske.

»Womöglich war es ja Meinert«, sagte sie und pulte an ihrem Armverband herum.

»Das wird bereits überprüft«, entgegnete Ruth. »Sein Handy wurde unter dem Bett gefunden und gerade unter die Lupe genommen. Dasselbe wird auch mit Ihren Apparaten geschehen. Wir werden sie einsammeln und kriminaltechnisch untersuchen lassen.« Sie lächelte dünn. »Leugnen hat also keinen Sinn.«

Langsam hob Eske ihren verletzten Arm. »Also gut: Ich war es«, gestand sie kleinlaut. »Ich habe dieses Video mit meinem Smartphone aufgenommen.«

»Bis du bescheuert?«, fuhr Klaas die Messerjongleurin an. »Was sollte das? Und warum hat die Polizei diese Aufnahme jetzt?«

»Ich weiß es nicht«, erwiderte Eske unsicher.

»Was weißt du nicht?«, fragte Theda ätzend. »Warum du dieses Filmchen gemacht hast, oder warum du es der Polizei zugespielt hast?«

»Ich habe der Polizei nichts zugespielt!«

»Einer Reporterin des *Krummhörner Boten* haben Sie das Video geschickt«, sagte Hagen.

»Was? Nein!«, begehrte Eske auf. »Habe ich nicht!«

Klaas sprang auf. »Du falsche Schlange! Du wolltest mich in der Presse schlechtmachen, um dir beim Wettstreit einen Vorteil zu verschaffen!«

»Nein – wollte ich nicht! Ich habe dieses Video nicht weitergegeben. Ich schwöre!«

»Und warum hast du uns denn überhaupt gefilmt?«, fragte Theda.

»Ich … Nur so. Für mein elektronisches Tagebuch. Und das ist nur für mich allein bestimmt!«

»Einen unglaubwürdigeren Spruch als diesen hätte sich selbst der Deichgraf nicht ausdenken können«, spottete Theda. »Du bist genauso armselig wie er!«

Klaas setzte sich wieder und verschränkte die Arme vor der Brust. »Du kämpfst mit unlauteren Mitteln, liebe Eske«, sagte er frostig. »Aber das geht für dich jetzt gehörig nach hinten los!«

Hagen trat an Eske heran, streckte ihr auffordernd die Hand hin. »Ihr Smartphone, bitte.« Er sah in die Runde. »Das gilt für Sie alle. Ihre Geräte werden von uns überprüft werden. Entfernen Sie die

Sperre, so machen Sie es unseren Technikern leichter, auf Ihre Daten zuzugreifen.«

»Brauchen Sie dafür nicht eine richterliche Erlaubnis?«, erkundigte sich Klaas.

»Die Option der Handybeschlagnahmung war in dem Durchsuchungsbeschluss enthalten«, informierte Hagen ihn.

»Bitte, Sie müssen mir glauben«, flehte Eske, während sie Hagen ihr Handy gab. »Ich habe dieses Video niemanden geschickt und auch keinem vorgeführt – ehrlich!«

»Und wie soll es dann in Umlauf gekommen sein?«, fragte Klaas spöttisch. »Von allein etwa?«

»Eskes Handy könnte gehakt worden sein«, gab Tjado ruhig zu bedenken.

»Und von wem? Von dir etwa?«, höhnte Theda.

»Ne, aber vielleicht warst du es ja!«, giftete der Straßenmaler zurück.

Ruth hob beschwichtigend die Hände. »Keinen Streit, bitte!«, mahnte sie. »Wenn es auf Frau Liebigs Handy Spyware gibt, werden wir es herausfinden.«

In Eskes Augen schimmerten Tränen. »Was hat mein elektronisches Tagebuch denn überhaupt mit den Morden an Meta und Meinert zu tun?«, wollte sie jetzt mit trotzigem Unterton wissen.

»Es ist vorher bereits ein ähnliches Video bei der Krummhörner Presse eingegangen«, sagte Ruth. »Darin kam Meta nicht besonders gut weg.«

Klaas klappte der Mund auf. »Bin ich dann etwa der Nächste, der über die Klinge springen soll? Immerhin geht es in diesem Film um mich!«

»Das eben erwähnte Video wurde erst nach Metas Tod per E-Mail an die hiesige Lokalzeitung geschickt«, versuchte Hagen den Pantomimekünstler zu beruhigen. »Von Meinert Vollmann wiederum existiert bisher keines. Machen Sie sich also keine Sorgen.«

»Aber es ist doch offensichtlich, dass es jemand auf die Teilnehmer des Straßenkünstlerwettstreits abgesehen hat!«, rief Theda aufgebracht. »Sind wir etwa nur nach Greetsiel gelockt worden, damit wir einer nach dem anderen umgebracht werden?«

Aufgebracht redeten die Künstler aufeinander ein. Ruth fand, dass die Sache langsam aus dem Ruder lief, aber ihr fiel nicht ein, wie sie die Ängste der Anwesenden entkräften könnte. Was Theda gesagt hatte, war nicht aus der Luft gegriffen. Es war gut möglich, dass es jemand auf die Mitspieler des Wettstreits abgesehen hatte.

Es wurde an die Tür geklopft und Max Engels trat ein. Mit eindringlicher Geste bedeutete er Ruth, zu ihm zu kommen.

»Mein IT-Experte hat sich das Handy des Mordopfers angesehen«, raunte er ihr zu, als sie vor ihm stand. »Auf dem Gerät gibt es offenbar eine Schad-Software, eine App, um genau zu sein. Sie erlaubt Fernzugriff auf sämtliche Daten, die auf dem Handy gespeichert sind.«

Hagen war hinzugetreten. Im Gemeinschaftsraum herrschte jetzt angespannte Stille.

Ruth furchte die Stirn. »Was ist das für eine App?«, erkundigte sie sich mit gedämpfter Stimme.

»Eine, die offenbar extra für diesen Wettstreit entworfen wurde«, antwortete der Chef der Spurensicherung. »Auf den Anbieter-plattformen für Applikationen konnte sie allerdings nicht gefunden werden. Wahrscheinlich ist sie vom Urheber bereits entfernt worden.«

Ruth spürte, wie sich eine steile Falte auf ihrer Stirn bildete. »Das klingt ziemlich dubios, will ich meinen.«

»Wie heißt diese App?«, fragte Hagen und schaltete Eskes Handy an.

Ruth bemerkte, dass die Künstler angestrengt zu ihnen herüberschauten. Sie delegierte die beiden Männer hinaus auf den Flur und schloss die Tür. »Sie sollen nicht noch mehr beunruhigt werden«, erklärte sie ihr Vorgehen.

Max nannte den Namen der App, woraufhin Hagen Eskes Telefon durchsuchte.

»Frau Liebig hat diese App ebenfalls auf ihrem Handy«, fand er heraus. Jetzt knöpfte er sich auch die übrigen Geräte vor und stellte fest, dass auf jedem der konfiszierten Smartphones die fragliche App installiert worden war.

Die Tür wurde geöffnet. Tjado sah die Beamten fragend an. »Stimmt was mit unseren Handys nicht?«, wollte er wissen.

Hagen, der gerade den Apparat des Straßenmalers in der Hand hielt, zeigte auf das App-Symbol. »Was ist das für eine Anwendung?«, erkundigte er sich.

»Die musste man installieren, wenn man sich zu diesem Wettstreit anmelden wollte«, erläuterte Tjado. »Die Bewerbung und das

Auswahlverfahren wurden damit abgewickelt. Außerdem erhalten wir wichtige Informationen über die Orte und den Zeitpunkt der Wettkämpfe.«

»Wer hat Ihnen diese App denn empfohlen?«, hakte Ruth nach.

»Niemand. Auf den Straßenfesten wurden Handzettel verteilt, auf denen der Wettstreit angekündigt wurde. Alle Interessenten sollten sich die App herunterladen. Ein entsprechender Barcode war auf dem Flyer abgedruckt. Es war ganz einfach. Wer der Initiator dieser Veranstaltung ist und wer für das Preisgeld aufkommen würde, sollte bis zur Preisverleihung ein Geheimnis bleiben.«

»Verstehe.« Hagen lächelte unverbindlich, und da der Bestatter gerade ins Haus kam, um Meinerts Leichnam abzuholen, schob er Tjado zurück in den Gemeinschaftsraum. »Frühstücken Sie jetzt erst einmal in Ruhe«, sagte er freundlich und drückte die Tür ins Schloss.

Ruth strich sich überlegend über die Lippen. »Die Identität dieses geheimnisvollen Wettstreitausrichters müssen wir unbedingt in Erfahrung bringen«, sagte sie eindringlich.

Hagen übergab Max Engel die konfiszierten Telefone. »Am besten wenden wir uns dafür an Mike Repsold«, sagte er. »Er wird seinen Auftraggeber ja wohl kennen.«

*

Den Weg zum Hotel *Friesenkrone* legten Ruth und Hagen zu Fuß zurück. Die Luft draußen war fast schon frühlingshaft. In den noch kahlen Bäumen in den Gärten und entlang der Grachten zwitscherten Vögel, als stimmten sie sich bereits auf die bevorstehende Balz ein.

Ruth wunderte es, dass Mike Repsold nicht längst beim Ferienhaus der Künstler aufgetaucht war, denn sie ging davon aus, dass Otto Eumer ihn darüber in Kenntnis gesetzt hatte, was sich Schlimmes bei den Wettstreitteilnehmern zugetragen hatte. Sie war gespannt darauf, was Mike Repsold ihnen über den Veranstalter erzählen würde, der mit den Straßenkünstlern ein undurchsichtiges Spiel zu spielen schien.

Auf dem weitläufigen Hotelgelände herrschte rege Betriebsamkeit, und auch in der großzügig bemessenen Lobby ging es hoch her. Von der Rezeptionistin erfuhren Ruth und Hagen, dass Mike Repsold erst vor wenigen Minuten sein Zimmer verlassen hatte und sich jetzt draußen auf der Terrasse aufhielt, um zu frühstücken. Die Frau beschrieb ihnen den Weg dorthin, denn der Hotelkomplex war ziemlich verschachtelt.

Wie sich zeigte, bestand der Terrassenbereich aus mehreren durch Taue voneinander abgetrennten Ebenen. Die niedrigste der hölzernen Plattformen grenzte direkt ans Wasser. Auf der Kante sitzend hätte man sogar die Füße in die Gracht baumeln lassen können, aber dafür war das Wasser wohl noch zu kalt, jedenfalls zogen es die Gäste ausnahmslos vor, mit einem Platz an einem der Tische vorliebzunehmen.

Mike Repsold saß auf der untersten Ebene an einem Kaffeehaustisch, vor sich ein Frühstücksgedeck. Otto Eumer, der jetzt die Kluft eines Chefkochs trug, stand neben ihm. Er hatte sich vorgebeugt und redete mit gedämpfter Stimme auf Mike ein. Ungelenk winkte er den Ermittlern zu, als er sie auf sich zukommen sah.

»Ich habe Herrn Repsold gerade von dieser Sache im Ferienhaus berichtet«, sagte er diskret vage, um die anderen Gäste mit dieser Mordgeschichte nicht zu beunruhigen.

»Ist das denn wahr?«, fragte Mike entgeistert. »Meinert Vollmann … er ist …« Er blickte um sich und flüsterte dann: »tot … ermordet worden?«

»So sieht es wohl leider aus«, bestätigte Ruth.

»Ein Forensiker sprach davon, der Mörder könnte durchs Fenster in das Zimmer des Straßenmusikers eingedrungen sein«, berichtete Otto mit verschwörerisch gedämpfter Stimme.

Ruth warf dem Chefkoch einen strafenden Blick zu, denn es gefiel ihr ganz und gar nicht, dass er dieses »Täterwissen« ausplauderte.

Hagen schnappte sich zwei freie Stühle und stellte sie an den Kaffeehaustisch. »Wir müssen mit Ihnen über Ihren Auftraggeber reden, Herr Repsold«, sagte er und setzte sich unaufgefordert.

Otto Eumer verabschiedete sich mit einem nervösen Nicken und entfernte sich.

Ruth nahm nun ebenfalls Platz. »Wie lautet der Name des Initiators des Wettstreits? Das müssen wir unbedingt wissen«, sagte sie.

Mike nahm sein Frühstücksei und schlug es mit einem Löffel auf. »Ich fürchte, da kann ich Ihnen nicht weiterhelfen.«

Hagen hob verwundert eine Augenbraue. »Wie ist das zu verstehen?«

Mike pellte das Ei ab, warf die Schale in die Untertasse seines Kaffeegedecks. »Ich kenne die Person nicht, ganz einfach«, sagte er lapidar.

»Das müssen Sie uns bitte genauer erklären«, forderte Ruth.

Mike sah zu den Kriminalisten auf. »Ich habe auf einem Mittelaltermarkt in Leer einen Flyer bekommen«, erläuterte er. »Straßenkünstlern wurde in dem Text die Möglichkeit geboten, sich zu einem Wettstreit in Greetsiel anzumelden. Die Gewinne, die ausgeschüttet werden sollten, waren beachtlich. Ein verlockendes Angebot, das die wenigsten Interessenten ausgeschlagen haben dürften. Aber nur sechs Leute sollten unter den Bewerbern ausgewählt werden.«

»Und was hat das mit Ihnen zu tun?«, fragte Hagen.

»Laut diesem Flyer wurde auch ein Veranstaltungstechniker gesucht, der diesen Wettstreit durchführt. Und da habe ich mich eben beworben.«

»Und erhielten den Zuschlag.«

»So ist es.« Mikes Miene hellte sich auf. »Das kam für mich ziemlich überraschend, denn außer meiner Wenigkeit werden sich noch andere, weitaus professionellere Veranstaltungstechniker beworben haben. Ich bin nur eine kleine Leuchte in der Szene, müssen Sie wissen.«

»Wie wurde Ihre Bewerbung abgewickelt?«, fragte Ruth.

»Über eine App. Dieselbe, die auch die Künstler für ihre Anträge benutzen mussten. Auf dem Flyer gab es einen Barcode …«

Hagen rutschte ungeduldig auf seinem Stuhl herum. »Sie wollen uns doch wohl nicht weismachen, dass der Name des Initiators während der anschließenden Vertragsangelegenheiten nie erwähnt wurde.«

»Aber genau so ist es gewesen.« Mike verzog einen Mundwinkel. »Womöglich habe ich nur deshalb den Zuschlag erhalten, weil andere Bewerber sich auf diese Sache nicht einlassen wollten, da sie ihnen zu unseriös erschien.«

Hagen schüttelte mit finsterer Miene den Kopf. »Und die Bezahlung … wie läuft die ab?«

Mike lächelte verlegen. »Ich habe eine ziemliche Menge Bargeld per Post zugeschickt bekommen«, erläuterte er. »Nebst Anweisungen, in welchem Hotel ich absteigen und welches Ferienhaus ich für die teilnehmenden Künstler in Greetsiel buchen sollte.

Außerdem bekam ich eine Liste mit Anweisungen für die einzelnen Veranstaltungen des Wettstreits.« Er nahm das abgepellte Ei, stopfte es sich in den Mund und kaute.

»Diese Sache muss Ihnen doch nicht ganz koscher vorgekommen sein«, sagte Hagen aufgebracht.

Mike wiegte kauernd den Kopf, den Mund zu voll, um etwas sagen zu können, was ihm wohl auch ganz recht war.

Ruth schaute den Mann mit zusammengekniffenen Augen an. »Sie konnten es sich nicht leisten, Fragen zu stellen oder diesen Auftrag gar abzulehnen«, mutmaßte sie.

»Mhm«, stimmte Mike widerstrebend zu und schluckte, immer noch nicht in der Lage, ausführlicher auf diese Angelegenheit einzugehen. Vielleicht wollte er sich auch nur ein wenig Bedenkzeit verschaffen, um sich passende Wörter zurechtzulegen.

Ruth wartete geduldig, während Hagen unruhig mit einem Bein wippte. Mit ihrem beharrlichen Blick machte sie dem Veranstaltungstechniker deutlich, dass er um eine genauere Erklärung nicht herumkommen würde.

»Also gut«, sagte Mike schließlich, nachdem er die Reste des Frühstückseis mit einem Schluck Kaffee hinuntergespült hatte. »Ich befand mich in einer finanziell schwierigen Situation. Ich war heilfroh über diesen Auftrag. Der gewährte Vorschuss hatte mich aus einer prekären Lage befreit.«

Ruth sah den Mann unverändert an.

Mike seufzte gequält, denn er begriff, dass Ruth sich mit den Andeutungen nicht abspeisen lassen würde. »Ich musste mich mehrere Jahre um meine schwerkranke Mutter kümmern. Das hat mich viel Kraft und Zeit gekostet.« Seine Stimme wurde zunehmend lauter. »Meine Arbeit hat darunter natürlich gelitten. Aber es ging um meine Mutter … was sollte ich machen? Ich konnte sie nicht einfach im Stich lassen, so wie mein leiblicher Vater es getan hat!«

»Wie geht es Ihrer Mutter jetzt?«, erkundigte sich Ruth.

Mike presste hart die Lippen aufeinander. »Kürzlich ist sie an Leberzirrhose gestorben«, sagte er hart. »Es war schrecklich!«

»Das tut mir leid.«

»Wenn mein leiblicher Vater nicht so ein kaltherziger, sturer Bock gewesen wäre und uns unterstützt hätte, wie es seine Pflicht gewesen wäre, würde sie vielleicht noch leben!« Mike fuhr sich mit der Hand übers Gesicht und atmete dann tief durch. Seine Miene glich einer starren Maske. »Dank dieses Auftrags werde ich jetzt endlich auf einen grünen Zweig kommen.« Er gab einen verärgerten Laut von sich und sein Gesichtsausdruck wurde wieder reger. »Aber diese Morde … die könnten mir jetzt alles kaputtmachen!«

Ruth lehnte sich zurück. Dann erzählte sie Mike, was sie über die App herausgefunden hatten und wozu diese missbraucht werden konnte.

»Das ist ja wohl nicht wahr!« Mike war sichtlich geschockt. »In was bin ich da nur hineingeraten?«

»Das würden wir auch gerne wissen«, sagte Hagen.

Mike sah die Ermittler nacheinander an. »Denken Sie, es gibt einen Zusammenhang zwischen dieser App-Sache und den Morden?«

Ruth hob eine Schulter. »Ausschließen können wir es jedenfalls nicht.«

Mike legte die Stirn in Falten. »Vielleicht kann ich Ihnen in dieser Angelegenheit ja doch weiterhelfen.«

»Und wie, bitte schön?«, fragte Hagen brummig. »Sie kennen angeblich ja noch nicht einmal den Namen Ihres Auftraggebers!«

Mike zuckte bedauernd mit den Schultern. »Das ist leider wahr. Aber ich habe gestern Nachmittag am Ferienhaus eine Überwachungskamera angebracht. Das erschien mir angesichts des traurigen Vorfalls um Meta Sasse sinnvoll.«

Ruth hob verblüfft eine Augenbraue. »Und das sagen Sie uns jetzt erst?«

Mike hob bedauernd die Hände. »Ich … hatte noch keine Gelegenheit. Ihre Fragen haben mir ja kaum Luft zum Atmen gelassen.«

»Wo befindet sich diese Kamera?«, verlangte Hagen zu wissen.

»Unter dem Dachüberhang. Dort ist sie so gut wie unsichtbar, wenn man nicht weiß, wonach man suchen soll. Das erschien mir sicherer, weil es nicht ganz legal ist, ein solches Gerät an einer fremden Immobilie anzubringen, wie Sie bestimmt wissen.« Er stand auf. »Ich zeige Ihnen die Kamera. Mit ein bisschen Glück hat sie etwas aufgenommen, das nützlich für Ihre Ermittlungen ist.« Er deutete auf das Frühstück. »Hunger habe ich jetzt keinen mehr. Wir können also sofort aufbrechen.«

Hagen stand sofort auf, und auch Ruth hielt es nun nicht länger auf ihrem Stuhl. Wenn diese versteckte Kamera den Mörder gefilmt haben sollte, würde sie das ein gutes Stück voranbringen!

*

Mike Repsold benötigte eine Leiter, um an die Überwachungskamera unter dem Dachüberhang heranzukommen. Er hatte den Platz gut gewählt, denn nicht einmal den Leuten von der Spurensicherung war das kleine Gerät aufgefallen, das er dort provisorisch installiert hatte.

Bei der Überwachungskamera handelte es sich um ein preiswertes Modell mit integriertem Bewegungsmelder. Es war nicht ganz auf dem neuesten Stand der Technik, die Aufnahmen wurden auf einer SD-Karte gespeichert, die entnommen und mit einem Computer ausgelesen werden musste. Hagen hatte jedoch einen Laptop im Kofferraum des zivilen Einsatzwagens, sodass er sich mit Ruth die Aufzeichnungen gleich vor Ort ansehen konnte.

Hagen verschob den Laptop auf dem Tisch im Gemeinschaftsraum ein wenig, damit Ruth, die neben ihm saß, einen besseren Blick auf den Bildschirm hatte. Die Kriminalisten waren allein im Zimmer. Ruth hatte Mike Repsold und die Straßenkünstler aufgefordert, den Raum zu verlassen. Sie wollte sich bei der Polizeiarbeit nicht über die Schulter sehen lassen. Sie hielten sich jetzt im Garten auf, um zu besprechen, wie es mit dem Wettstreit nun weitergehen sollte. Ruth brauchte bloß den Blick zum Fenster zu heben, um Mike und die Künstler zu sehen. In der Nähe des Grachtenufers saßen sie auf Klappstühlen im Kreis und redeten.

Jetzt aber galt Ruths Aufmerksamkeit dem Laptop-Bildschirm. Hagen hatte einen Player aufgerufen und die Wiedergabe der Aufzeichnung gestartet. Das Kameraobjektiv war von Mike so ausgerichtet worden, dass der Bereich vor dem Eingang des Hauses großräumig erfasst wurde. Die Qualität der Aufnahme ließ allerdings ein wenig zu wünschen übrig, wie schnell ersichtlich wurde.

Mike hatte die Kamera gestern am späten Nachmittag installiert, und das graue Licht des hereinbrechenden Abends trug nicht gerade dazu bei, ein helles, klares Bild zu erzeugen. Da die Kamera immer dann filmte, wenn der Bewegungsmelder sie aktivierte, gab es auf den Sequenzen auch immer etwas zu sehen. Die Wettstreitteilnehmer kamen und gingen, und einmal tauchte ein Mitarbeiter der *Friesenkrone* mit einem Lastenfahrrad auf, um das Abendessen zu bringen.

Von Filmabschnitt zu Filmabschnitt wurde es immer dunkler, bis schließlich stockfinstere Nacht herrschte und statt ein- und ausgehenden Menschen bloß eine getigerte Katze gefilmt wurde, die den Bewegungsmelder während ihrer nächtlichen Pirsch ausgelöst hatte. Einmal verließ Klaas das Haus, um vor der Tür seine E-Zigarette zu rauchen.

Dann – die Zeitanzeige der Kamera stand auf zwei Uhr fünfzehn – huschte ein Schatten durch die Peripherie der Aufnahme, eine menschliche Gestalt, die sich zwischen zwei Büsche zwängte und schnell aus dem Aufnahmebereich verschwand.

»Die Person ist zur Längsseite des Gebäudes gegangen«, erkannte Hagen.

Ruth nickte. »Dort befindet sich das Fenster von Meinert Vollmanns Zimmer.«

Die Filmsequenz endete, und als der Bewegungsmelder die Kamera erneut aktivierte, war der Zeitanzeige zufolge eine knappe halbe Stunde vergangen. Erneut war die schemenhafte Gestalt zu sehen. Diesmal lief sie quer durch den Bildausschnitt. Sie taumelte ein wenig wie berauscht und bewegte die Arme konfus. Wenig später war sie verschwunden.

»Das könnte unser Mörder gewesen sein«, sagte Ruth mit rauer Stimme.

Hagen ließ das Video weiterlaufen. Aber es war wieder nur ein paar Mal die Katze zu sehen und dann brach auf dem Bildschirm plötzlich der Morgen herein und der Chefkoch Otto Eumer kam mit dem Lastenfahrrad auf den Hauseingang zugerollt, um das Frühstück zu bringen.

Hagen stoppte die Wiedergabe, denn was jetzt folgte, war ihnen bereits bekannt: Die Kriminalisten würden beim Haus eintreffen, und später dann die Kollegen der Spurensicherung.

Hagen bewegte den Mauszeiger so lange auf dem Suchlaufbalken des Videoplayers, bis er ein einigermaßen brauchbares Bild der verdächtigen Person auf dem Monitor hatte. Die Gestalt war anscheinend in einen langen Mantel gehüllt, der bis über die Knie reichte. Ein altertümlicher Dreispitzhut mit breiter, hochgeklappter Krempe saß auf dem Kopf und hinten lugte ein geflochtener Zopf hervor. Die Person trug Stulpenstiefel. Da sie sich von dem Haus wegbewegte, war nur die Rückenpartie und nicht das Gesicht zu sehen.

Hagen schüttelte perplex den Kopf. »So in etwa waren früher die Deichgrafen gekleidet«, sagte er.

»Deichgraf?« Ruth strich sich sinnend über die Wange. »Einen Deichgrafen haben unsere Straßenkünstler doch hin und wieder erwähnt.«

Hagen nickte. »Es handelt sich dabei wahrscheinlich um einen Kollegen. Besonders beliebt scheint er allerdings nicht zu sein.«

Ruth deutete auf den Laptop. »Sehen Sie nach, ob sein Gesicht zu erkennen ist, als er sich dem Haus näherte.«

Hagen wechselte zur entsprechenden Sequenz, und tatsächlich schaffte er es, einen verpixelten Ausschnitt der Gesichtspartie auf den Bildschirm zu zaubern. Unter der Hutkrempe ragte eine überlange spitze blasse Nase hervor, und während die untere Gesichtshälfte von einem Bart eingenommen wurde, bedeckte die darüberliegende Partie offenbar eine weißliche Maske, zu der auch die Nase gehörte.

»Sieht aus, als trüge er eine dieser klassischen Gesichtslarven, die in Venedig während des Maskenfestes getragen werden«, stellte Ruth fest.

Hagen lehnte sich auf seinem Stuhl zurück. »Seltsam.«

»Wir zeigen diese Aufnahmen den Straßenkünstlern«, bestimmte Ruth. »Stellen Sie die Rückenansicht und den Gesichtsausschnitt auf einem Bild nebeneinander. Und dann hören wir uns an, was unsere Wettstreitteilnehmer dazu zu sagen haben!«

*

Den Laptop unter den Arm geklemmt, schritt Hagen neben Ruth einher über den abschüssigen Rasen. Von der Gracht zog trotz des Sonnenscheins ein kühler Lufthauch herüber. Theda und Eske hatten sich jeweils eine Wolldecke um die Schultern geschlungen, und Klaas trug seinen bronzefarbenen Hut. Tjado wiederum versuchte, sich mit dem farbverschmierten Kittel vor der Kälte zu schützen, den er auch beim Pflastermalen angehabt hatte. Mike Repsold redete eindringlich auf die Straßenkünstler ein, aber deren verschlossene Gesichter deuteten an, dass ihnen nicht gefiel, was er sagte.

»Ich sage es noch einmal: Wer frühzeitig abreist, scheidet automatisch aus dem Wettstreit aus«, hörte Ruth den Veranstaltungstechniker sagen. »Es gewinnen dann diejenigen, die in

Greetsiel geblieben sind, auch wenn sie weniger Punkte bei den Veranstaltungen einheimsen konnten als die Abgereisten. So steht es in den Statuten.«

»Und was ist mit denen, die ausscheiden, weil sie ermordet wurden?«, fragte Theda herausfordernd. »Was haben die am Ende gewonnen? Noch viel weniger als gar nichts!«

Klaas deutete großspurig auf die sich nähernden Ermittler. »Vielleicht haben wir ja Glück, und unsere Kommissare fangen den Mörder demnächst, sodass wir ohne Angst weitermachen können.«

»Warum lassen wir den Wettstreit nicht pausieren, bis diese Verbrechen aufgeklärt wurden«, schlug Eske vor. »Mein verletzter Arm würde sich über eine kleine Auszeit ebenfalls freuen.«

Mike nickte. »Darüber ließe sich eventuell reden.« Er sah zu den Kriminalisten auf, die abwartend außerhalb des Stuhlkreises standen. »Können wir etwas für Sie tun?«, erkundigte er sich. Mit einem Kopfnicken deutete er auf den Laptop. »Haben Sie einen Hinweis auf den Täter gefunden?«

»Das wird sich zeigen.« Ruth bedachte ihren Partner mit einem Kopfnicken, woraufhin dieser in die Stuhlkreismitte trat, den Laptop aufklappte und den Künstlern das zusammengestellte Standbild zeigte, indem er sich langsam um seine eigene Achse drehte, damit jeder einen Blick auf den Bildschirm werfen konnte.

»Stammt das etwa von meiner Überwachungskamera?«, erkundigte sich Mike.

»Mich laust der Affe … ist das nicht der Deichgraf?«, rief Eske dazwischen.

Klaas nickte. »Sieht ganz danach aus!« Er lachte kurz. »Nur einer traut sich, mit einer solch albernen Verkleidung herumzulaufen!«

»Warum zeigen Sie uns das?«, wollte Tjado wissen.

»Die Überwachungskamera, von der ich euch vorhin erzählt habe, hat diese Person gestern Nacht aufgenommen«, sagte Mike. Er sah zu Ruth herüber. »So ist es doch, nicht wahr?«

»Der Deichgraf hat sich bei unserem Gästehaus herumgetrieben?«, fragte Theda alarmiert. »Warum?«

»Überlegt doch mal!«, rief Klaas aufgebracht. »Meinert wurde in seinem Zimmer ermordet. Und in derselben Nacht schleicht der Deichgraf um unser Haus?!«

Tjado lachte prustend. »Willst du etwa andeuten, dieser halbseidene Komiker hätte unseren Straßenmusiker auf dem Gewissen? Das ist nicht dein Ernst!«

»Warum sollte er es nicht gewesen sein?«, warf Eske ein. »Verrückt genug ist der Deichgraf allemal.«

»Vielleicht hatte er sich auch für diesen Wettstreit beworben«, mutmaßte Klaas. »Aber er wurde nicht berücksichtigt. Und jetzt bringt er aus Rache die Teilnehmer einen nach dem anderen um!«

»Weil er abgelehnt wurde, wird er zum Mörder?« Tjado schüttelte den Kopf. »Das glaubt ihr doch wohl selbst nicht. Der Deichgraf mag ein schräger Vogel sein, aber ein Mörder?«

»Weißt du etwa, was im Kopf dieses Durchgeknallten vor sich geht?«, rief Eske gereizt und fuchtelte mit dem gesunden Arm. »Wer sich nicht zu schade ist, sich seltsam verkleidet auf einen Festplatz zu stellen und krude vor sich hin zu schwadronieren, der könnte durchaus auf so abwegige Gedanken kommen, andere umzubringen, weil … weil …«, sie schien nach einer Begründung zu suchen, »… weil sie erfolgreicher und beliebter sind als er.«

»Wer ist dieser Deichgraf denn überhaupt?«, erkundigte sich Hagen und klappte den Laptop zu. »Wer steckt hinter dieser Larve?«

»Das weiß keiner so genau«, antwortete Theda. »Der Deichgraf taucht verkleidet auf, zieht sein Ding ab und verschwindet dann wieder.« Sie legte eine Hand auf ihre Brust. »Ich zeige mich meinen Kollegen vor oder nach den Auftritten wenigstens, wenn ich in mein Kostüm schlüpfe und die Stelzen anschnalle oder mich am Ende abschminke. Aber der Deichgraf – der meidet die anderen Straßenkünstler.«

»Was auch nicht verwunderlich ist«, sagte Tjado. »Immerhin machen wir uns ständig über ihn lustig.«

»Der Deichgraf ist ja auch zu komisch!« Klaas lachte und schüttelte den Kopf. »Was er von sich gibt, ist totaler Schwachsinn! Dabei gebärdet er sich, als hätte er eine philosophisch hochtrabende Message zu verbreiten. Aber seine Sätze ergeben überhaupt keinen Sinn!«

»Er hält das wahrscheinlich für Kunst«, sagte Tjado und verzog dann mitleidig den Mund. »Und er stört sich nicht daran, was andere davon halten.«

»Vielleicht tut er es sehr wohl!«, wandte Eske ein. »Vielleicht hat es ihm gereicht, dass er von seinen Kolleginnen und Kollegen keine Anerkennung findet.«

»Und darum bringt er uns jetzt alle um!« Theda zog die Wolldecke enger um die Schultern. »Der Deichgraf ist ein gefährlicher Psychopath!« Sie sah Ruth eindringlich an. »Sie müssen ihn aus dem Verkehr ziehen!«

Ruth enthielt sich eines Kommentars. Es könnte sich wer weiß wer als Deichgraf verkleidet haben und um das Ferienhaus geschlichen sein. Ob es tatsächlich der originale Deichgraf war, müsste sich erst noch herausstellen. Ihr erschien die ganze Sache ein wenig zu konstruiert, wenn sie sich durchaus auch vorstellen konnte, dass der Deichgraf Meinert in seiner Verkleidung erschienen war, damit dieser auch begriff, warum er sterben muss. Wenn es sich tatsächlich um Mord aus Rache handelte, war es dem Deichgrafen bestimmt wichtig gewesen, dass seinem Opfer dies in den letzten Minuten seines Lebens deutlich klar wurde.

»Zuerst einmal müssen wir die Identität des Deichgrafen klären«, sagte Hagen, da seine Chefin kein Wort von sich gab.

»Er tritt ausnahmslos in Ostfriesland auf«, erklärte Klaas. »Wahrscheinlich ist er wie wir auch ein Einheimischer.«

»Und er treibt sich jetzt womöglich in Greetsiel herum!«, warf Eske ein und schüttelte sich.

»Die Polizei … sie muss uns beschützen!«, forderte Klaas.

Theda stand auf und warf die Wolldecke hinter sich auf den Stuhl. »Ich werde sofort abreisen!«, verkündete sie.

»Das wird dir nichts nützen«, merkte Klaas sarkastisch an. »Wenn der Deichgraf es auf dich abgesehen hat, kann er dich überall erwischen!«

Tjado nickte zustimmend. »Wahrscheinlich ist es das Beste, wir bleiben alle hier – im Schutz der Polizei.«

Theda ließ sich wie betäubt auf ihren Stuhl fallen. »Werdet ihr denn auch in Greetsiel bleiben?«, fragte sie in die Runde.

Alle sahen sich einen Moment lang stumm an und nickten dann einhellig.

»Wir benötigen dringend Personenschutz!«, sagte Mike eindringlich.

Erneut senkte sich Schweigen über die Gruppe. Ruth wollte die Sache weiterlaufen lassen und ging nicht auf die Forderung des Veranstaltungstechnikers ein.

Plötzlich lachte Tjado freudlos auf. »Wie wenig wir über diesen Künstler wissen, über den wir immer so gerne spöttisch herziehen«, äußerte er sich selbstkritisch.

»Er ist kein Künstler – er ist ein Verrückter!«, begehrte Theda auf.

Hagen verließ den Kreis. »Wir sollten Alice hierher beordern«, schlug er Ruth vor. »Sie soll ein Auge auf die Straßenkünstler haben. Die Anwesenheit einer uniformierten Polizistin wird den Deichgrafen bestimmt abschrecken und fernhalten.«

Ruth nickte. »So machen wir es.«

Kapitel 6

»Meine Gedanken tanzen wie Schatten im Licht der vergessenen Fischernetze, während die Zeit mich in einem Reigen aus Seepferdchen umschwebt. Wenn der Wind dann die Farben der Gezeiten mit sich trägt, erblühen in mir die Fragen an die Unendlichkeit und an das Meer. Nur das Echo der Einsamkeit flüstert uns die Geheimnisse zu, die allein die Wellen der Vergangenheit verstehen können.«

Hagen stoppte die Wiedergabe des YouTube-Videos, das er auf dem Bildschirm seines Büro-PCs abgespielt hatte. Ruth stand hinter seinem Bürosessel und schaute ihm über die Schulter.

Nachdem Hagen den Hashtag *Deichgraf* eingegeben hatte, musste er zuerst eine lange Trefferliste durcharbeiten, um die Videos herauszufiltern, die sich tatsächlich um den ostfriesischen Straßenkünstler drehten. Diese Filmchen waren hauptsächlich von Straßenfestbesuchern aufgenommen und ins Internet gestellt worden. Und davon gab es nicht gerade wenige, denn obwohl die Auftritte des Mannes in der historischen Kluft eines Deichgrafen unter den Zuschauern Befremden hervorrief, so übten sie trotzdem eine gewisse Faszination aus, die erschöpfte sich allerdings zumeist darin, diesen Straßenkünstler mit Spott und Häme zu überschütten.

Der Video-Clip, den Hagen Ruth gerade vorgeführt hatte, zeigte den Deichgrafen inmitten einer Menschenmenge auf einem gut besuchten Kirmesgelände. Er stand auf einem Klapphocker und redete mit wohlmodulierter, weittragender Stimme über die Köpfe der Passanten hinweg. Dabei gestikulierte er theatralisch mit den Armen und bewegte vogelartig den Kopf, sodass die lange, spitze Nase seiner venezianischen Maske mehr an einen Schnabel denken ließ.

»Seine Texte erscheinen mir irgendwie sinnfrei«, sagte Ruth nachdenklich. Dies war nun schon das fünfte Video, das sie sich zusammen mit Hagen angesehen hatte. »Allerdings scheint er sich während seiner Auftritte nicht zu wiederholen. Jedenfalls hat er in diesen Filmen bisher immer etwas anderes von sich gegeben.«

»Seltsam dabei ist, dass der Deichgraf sich gibt, als würde er wirklich Bedeutsames von sich geben. Aber seine Sätze scheinen nur aus willkürlich aneinandergereihten Wörtern zu bestehen.«

Ruth zuckte mit einer Schulter. »Das ist wahrscheinlich die Kunst an dieser Sache.«

»So ähnlich, wie beim Dadaismus, einer künstlerischen und literarischen Bewegung in der ersten Hälfte des neunzehnten Jahrhunderts«, überlegte Hagen laut.

»Dadaistische Gedichte waren lautmalerisch und rhythmisch«, erwiderte Ruth. »Was der Deichgraf da macht, hat mehr den Anstrich pseudophilosophischer Ergüsse. Es sind nicht einmal Metaphern darin zu erkennen. Es wirkt alles vollkommen willkürlich.«

Als wollte er Ruths Worte nachprüfen, ließ Hagen das Video weiterlaufen.

»Die traurige Melodie der Seesterne, die wir vergessen haben, schwingt im Rhythmus der träumenden Gischt, während ich mich an die Möglichkeiten der Sonnenuntergänge zu erinnern versuche, die unerkannt hinterm Horizont versanden«, schwadronierte der Deichgraf, hob dabei die geballten Fäuste und schüttelte sie, als wollte er die Menschen ermahnen.

Ein sichtlich angeheiterter Mann stellte sich vor den Deichgrafen und begann ihn wüst zu beschimpfen. Weil dieser ihn ignorierte und in seinem Vortrag unverdrossen fortfuhr, stieß der Mann ihn mit einem derben Schubser vom Hocker. Ein kleiner Tumult brach los. Im Hintergrund tauchte eine hübsch anzusehende Hexe auf Stelzbeinen auf. Thedas liebreizendes Gesicht war trotz der aufgeklebten krummen Nase deutlich zu erkennen. Sie lachte schallend über das, was ihrem Kollegen gerade widerfuhr. »Geschieht dir recht, Deichgraf!«, rief sie mit schriller Hexenstimme. Dann endete das Video.

»Welchen Sinn mag der Deichgraf in seinen Auftritten bloß sehen?«, fragte sich Hagen. »Auf keinen der Videos ist festzustellen, dass er versuchen würde, Geld einzusammeln. Er hat nicht einmal eine Hutkasse.«

Das nächste Video in der Liste startete jetzt automatisch. Der Deichgraf stand in voller Montur auf einer Hafenmauer. Hinter ihm erstreckten sich die Anleger, an denen Segel- und Motoryachten festgemacht waren. Passanten, bei denen es sich wahrscheinlich um Touristen handelte, schoben sich vor dem lamentierenden Deichgrafen vorbei. »Wenn die Zeit in den Farben der Stille erblüht, tanzen die Heringe im Labyrinth unserer ungestillten Sehnsüchte!«, erhob sich seine wohltönende Stimme über den allgegenwärtigen

Lärm. »Die Poesie der verlorenen Muscheln entfaltet sich im Nebel der unergründlichen Fragen …«

Ein mit etlichen Musikinstrumenten behangener junger Mann bahnte sich unwirsch einen Weg durch die Menge auf den Deichgrafen zu. Ruth und Hagen erkannten sofort, dass es sich um Meinert Vollmann handelte. »Halt endlich deine dämliche Klappe, Deichgraf!«, brüllte Meinert wütend. »Bei deinem Schwachsinn bekommt man ja Kopfweh, und meine Musik will auch keiner mehr hören! Du vergraulst die Leute mit deinem gehirnlosen Geschwafel!«

»Der Lärm der Melancholie umarmt das Sinnieren der Krabbencocktails, die stumm ihre Existenz bejubeln«, fuhr der Deichgraf unbeirrt fort.

Meinert führte eine Trompete an die Lippen, blies ungestüm hinein und spie dem Deichgrafen einen schrillen, disharmonischen Ton entgegen. »So klingt dein Schwachsinn in meinen Ohren!«, schrie er den verkleideten Straßenkünstler an, der nun doch irritiert innegehalten hatte. Im nächsten Moment endete das Video.

Ruth legte Hagen eine Hand auf die Schulter. »Wir haben genug gesehen«, sagte sie. »Wie es scheint, ist dieser Deichgraf ziemlich schräg und eigenartig. Und er muss einiges an Beleidigungen und Schmähungen wegstecken. Gut möglich, dass es ihm irgendwann gereicht hat und er sich bei den Kollegen jetzt rächen will, die für den Wettstreit in Greetsiel ausgewählt wurden.«

Hagen rieb sich den Nacken, um die Anspannung zu lockern. »Im Internet lässt sich kein Hinweis darauf finden, wer hinter der Maskerade des Deichgrafen stecken könnte«, sagte er zerknirscht. »Sein Gerede mag sinnlos erscheinen, aber er versteht es offenbar ausgezeichnet, seine Identität geheim zu halten. Wir wissen nur, dass er sich momentan wahrscheinlich in Greetsiel aufhält. Und das ist verdammt wenig!«

»Vielleicht lebt er sogar in diesem Fischerdorf«, sagte Ruth nachdenklich.

Hagen drehte sich mit seinem Bürosessel zu seiner Chefin um. »Haben Sie etwa einen Verdacht, wer es sein könnte?«

Ruth zuckte vage mit den Schultern. »Ich bin mir nicht sicher.«

Hagen nickte wissend. »Sie denken dabei an Oliver Pleitgen.«

»Er und Torben Bockel stehen immerhin im Fadenkreuz unserer Ermittlungen«, gab Ruth zu bedenken. »Also: Ja.«

»Torben kann jedenfalls nicht der Deichgraf sein«, sagte Hagen überzeugt. »Seine Freundin Meta hätte es unweigerlich herausgefunden. Ich kann mir nicht vorstellen, dass er es seiner Liebsten gegenüber lange hätte verheimlichen können, dass er der Deich-« Hagen brach mitten im Wort ab. »Vielleicht hatte sie es herausgefunden«, rief er. »Und darum musste sie sterben!«

Ruth hob eine Schulter. »Für den Zeitpunkt der beiden Morde hat er jedenfalls kein stichhaltiges Alibi.«

Hagen nickte zerknirscht. »Ob er in Olivers Wohnung war, als Meinert Vollmann ermordet wurde, wissen wir auch nicht, weil ich während der Observation leider eingeschlafen bin.«

»Dasselbe gilt auch für Oliver Pleitgen«, sagte Ruth. »Er hat ebenfalls kein stichhaltiges Alibi für die fraglichen Zeiträume.«

»Bei dem könnte ich mir schon eher vorstellen, dass er der Deichgraf ist.«

»Allerdings haben wir keine entsprechende Verkleidung in der Wohnung gefunden.«

»Die kann Oliver sonst wo in Greetsiel versteckt haben.«

»Dann ist da noch das rätselhafte Verschwinden von Olivers Freundin Birte Fiedler«, fügte Ruth nachdenklich hinzu.

»Und die ungeklärte Frage, wer der Sponsor und Ausrichter des Straßenkünstlerwettstreits in Greetsiel ist.« Hagen atmete tief durch. »Das alles könnte miteinander zusammenhängen!«

Ruth lächelte. »Oder aber auch nicht. Das müssen wir dringend herausfinden!«

Hagen seufzte. »Auf Alice' Unterstützung können wir momentan jedenfalls nicht zurückgreifen. Sie passt auf die Straßenkünstler auf.«

»Wir statten Torben Bockel und Oliver Pleitgen noch einmal einen Besuch ab«, entschied Ruth. »Das ist längst überfällig!«

*

Oliver Pleitgens Haar sah ziemlich unordentlich aus, und seine Kleidung nicht weniger. Er wirkte übernächtigt und kratzte sich den Hinterkopf, während er den Kriminalisten vor seiner Wohnungstür ein bemüht freundliches Lächeln schenkte. »Kommen Sie rein«, sagte er lapidar, wandte sich ab und schlenderte den Flur hinunter.

»Wenn Sie was trinken möchten, müssen Sie sich selbst was aus der Küche holen.«

»Wir wollen mit Ihnen und Herrn Bockel sprechen«, erklärte Hagen, während er dem Mann folgte.

»Das habe ich mir bereits gedacht«, gab Torben spöttisch zurück.

Ruth drückte die Wohnungstür hinter sich zu. Aufmerksam spähte sie in die Räume, an denen sie auf dem Weg ins Wohnzimmer vorbeikam. In ihnen sah es unverändert chaotisch aus.

»Moin«, grüßte Torben, der einmal mehr vor seiner Schlafcouch auf dem Boden saß und einen Game-Controller in den Händen hielt.

»Sie sind schon wieder am Zocken«, stellte Ruth fest.

Oliver grinste breit und ließ sich neben seinem Freund auf den Boden nieder. Auf dem Bildschirm war aus der Vogelperspektive ein bilderbuchartiges Fischerdorf zu sehen. Winzige Männer und Frauen eilten zwischen den Gebäuden und dem Hafen hin und her, entluden die Boote oder bauten an den Häusern. »Das ist das Schöne, wenn man erwachsen ist«, sagte Oliver und nahm seinen Controller. »Man kann machen, was man will, ohne dass die Eltern einen stressen.«

»Wenn man denn erwachsen ist«, erwiderte Ruth in einem Tonfall, der andeutete, dass sie bezweifelte, dass Torben und Oliver es waren.

Die beiden jungen Männer grienten sich an.

»Sie klingen, wie meine Mutter«, stellte Torben amüsiert fest.

»Wo waren Sie heute Nacht zwischen ein und drei Uhr?«, fragte Hagen daraufhin leicht ungehalten.

Erneut sahen sich die Freunde an und grinsten.

»Warum fragen Sie?«, erkundigte sich Oliver scheinheilig. »Sie müssten es doch eigentlich wissen. Oder waren Sie das gar nicht, der sich in seinem Dienstwagen sitzend vor unserem Haus die Nacht um die Ohren geschlagen hat?«

»Wir waren kurz davor, Ihnen einen Gameboy zu bringen, damit Sie sich nicht langweilen müssen«, fügte Torben hinzu.

Die beiden kicherten.

»Beantworten Sie bitte die Frage meines Partners«, forderte Ruth.

Torben ließ das Spiel pausieren. Er wirkte plötzlich ernst und besorgt. »Warum wollen Sie das überhaupt wissen? Ist etwas Schlimmes passiert?«

Ruth sah keine Veranlassung, den Mord an Meinert Vollmann nicht zu erwähnen. »Ein weiterer Straßenkünstler ist getötet worden.«

»Meinert Vollmann«, ergänzte Hagen.

Oliver legte den Controller sorgsam beiseite. »Wir waren hier, wo denn sonst«, sagte er. »Und diesmal kann sogar ein Kommissar unser Alibi bestätigen.«

Hagen räusperte sich verlegen und warf Ruth einen schuldbewussten Blick zu.

Torben rutschte mit dem Gesäß auf dem Teppich unruhig hin und her. »Glauben Sie etwa schon wieder, wir könnten damit was zu tun haben? Das nimmt ja langsam groteske Züge an!«

Hagen zog den vorbereiteten Computerausdruck mit den Bildausschnitten der Überwachungskamera aus der Jackentasche. Wortlos hielt er den auf dem Boden sitzenden Männern die Abbildung hin.

Torben und Oliver betrachteten das Blatt interessiert. Ruth und Hagen wiederum beobachteten die jungen Männer, neugierig darauf, wie sie auf die Aufnahmen reagierten.

»Ist das etwa der Deichgraf?«, fragte Torben und sah zu Hagen auf.

»Die Qualität dieser Fotos ist ziemlich mies«, merkte Oliver kritisch an. »Im Internet gibt es weitaus besseres Material über diesen Spaßvogel.«

»Sie kennen den Deichgrafen?«, erkundigte sich Ruth.

»Klar – wer kennt den nicht!« Torben grinste. »Ich hatte kürzlich sogar wieder das Vergnügen, ihn leibhaftig zu erleben. Das war auf einem Kinderfest in Norden. Da war er aber anscheinend nicht richtig bei der Sache.«

»Im Internet gibt es unzählige Video-Clips von diesem Burschen«, erklärte Oliver. »Ich sehe sie mir sogar recht gerne an. Irgendwas hat dieser Deichgraf. Außerdem fasziniert es mich, dass niemand weiß, wer hinter dieser Maskerade steckt.«

Torben winkte ab. »In letzter Zeit scheinen dem Deichgrafen die Ideen auszugehen. Und seine Leidenschaft lässt offenbar auch nach. Sein letzter Auftritt war jedenfalls eher lahm.«

»Wie meinen Sie das?«, hakte Ruth nach.

»Dem Deichgrafen fehlt es an Esprit. Er ist nur noch ein Abklatsch seiner selbst.«

Oliver lachte. »Seit wann bist du denn ein Experte auf diesem Gebiet?«

Torben zuckte unbehaglich mit den Schultern. »Meta hat oft von ihm gesprochen. Allerdings nicht gerade nett. Manchmal tauchte der Deichgraf an den Orten auf, an denen Meta ebenfalls auftreten wollte. Sie war von ihm äußerst genervt. Aber ich fand ihn eigentlich ganz okay. Inzwischen hat er wohl leider ein wenig abgebaut.«

Oliver zuckte kurz mit den Schultern. »Ja, du hast recht. Die neuesten Videos, die von ihm im Internet kursieren, finde ich auch nicht mehr so prickelnd.«

»Mir kommt es sogar fast so vor, als steckte eine andere Person in der Verkleidung des Deichgrafen.«

»Sprach der Experte für Deichgrafenangelegenheiten«, scherzte Oliver und boxte seinem Freund kameradschaftlich gegen den Oberarm.

Torben blieb jedoch ernst. »Warum zeigen Sie uns diese Fotos?«

»Ja?«, rief Oliver scherzend. »Verdächtigen Sie Torben etwa der Deichgraf zu sein …« Er verstummte, als würde ihm plötzlich bewusst, was er da gerade im Begriff gewesen war, zu sagen.

Torben wurde bleich im Gesicht. »Hat der Deichgraf Meinert Vollmann umgebracht – und Meta womöglich auch?«, fragte er rau.

»Es könnte zumindest jemand gewesen sein, der sich wie der Deichgraf verkleidet hat«, ließ Ruth durchblicken.

Oliver sah seinen Freund schräg von der Seite an. »Du bist nicht wirklich der Deichgraf, nicht wahr?«, fragte er mit einem Anflug von Zweifel in der Stimme.

Torben schüttelte genervt den Kopf. »Wie soll ich denn bitte an Metas Seite dem Deichgrafen zugeschaut haben und gleichzeitig der Deichgraf sein? Jetzt hörts ja wohl auf!«

Oliver lächelte versöhnlich. »Sehen Sie«, sagte er an Ruth gerichtet. »Streichen Sie Torben endlich von der Liste der Verdächtigen!«

Torben stand auf und schüttelte sein linkes Bein, das vom vielen Sitzen anscheinend eingeschlafen war. Misstrauisch beäugte er die Kriminalisten. »Haben Sie etwa wirklich geglaubt, ich wäre der Deichgraf?«, erkundigte er sich.

Oliver lachte lauthals. »Vielleicht denken Sie ja auch, dass ich es bin«, blödelte er, erstarrte dann aber erneut. »Moment … das glauben Sie doch wohl nicht wirklich, oder?«

»Wir ziehen nur Erkundigungen ein«, fühlte Ruth sich genötigt, ihr Vorgehen zu verteidigen. So wie sich die beiden Männer gaben, kam es ihr jetzt selbst unsinnig vor, sie mit den Morden noch länger in Verbindung zu bringen. Andererseits mochte sie aber auch nicht ausschließen, dass Torben und Oliver bloß eine perfekte Rolle spielten. »Die Identität des Deichgrafen zu klären ist nur eine unserer

Baustellen«, fuhr sie fort. »Eine andere ist es, in Erfahrung zu bringen, wer den Straßenkünstlerwettstreit in Greetsiel ins Leben gerufen hat.«

Torben starrte die Hauptkommissarin verwundert an. »Wie? Das wissen Sie nicht?«

Ruth verzog säuerlich den Mund. »Das will nicht einmal der Veranstaltungstechniker wissen.«

Torben schüttelte traurig den Kopf. »Meta hatte da so eine Ahnung, wer diesen Wettstreit ausgerichtet haben könnte.« Er seufzte schwer und seine Augen wurden glasig. »Warum nur musste sie sterben?«, schluchzte er.

Oliver stand nun ebenfalls auf, legte Torben tröstend eine Hand auf die Schulter. »Ihr Mörder wird gefunden werden«, sagte er zuversichtlich. Er warf Ruth einen eindringlichen Blick zu. »Nicht wahr, das werden Sie doch?!«

»Wir tun alles in unserer Macht Stehende …« Ruth erschien diese Floskel plötzlich bedeutungslos, und sie verstummte. »Hat Meta Ihnen erzählt, wen sie für den Initiator des Wettstreits hielt?«, fragte sie stattdessen.

»Irgend so einen stinkreichen Reedereibesitzer.« Torben schniefte. »Ich komme gerade nicht auf seinen Namen. Er baut in Bensersiel Sportboote.« Grübelnd furchte er die Stirn. »Ensor … Friedrich Ensor heißt er, jetzt fällts mir wieder ein!«

»Und wie kam Ihre Freundin darauf, dass dieser Herr Ensor den Wettstreit ins Leben gerufen haben könnte?«, wollte Hagen wissen.

»Meta hatte ab und an mal etwas mit dem Sohn von Friedrich Ensor zu tun gehabt«, antwortete Torben. »Edgar … so heißt er … Sie hatte ihn kennengelernt, als sie noch Medienwissenschaften studierte. Aber sie brach das Studium ab, weil sie sich lieber voll und ganz auf ihre Berufung als Feuerjongleurin konzentrieren wollte.« Torben zuckte traurig mit den Schultern. »Sie blieb mit Edgar noch einige Zeit in Kontakt. Und dann versandete diese Freundschaft. Edgar hatte wohl auch andere Interessen und meldete sich nicht mehr. Vor einigen Wochen hatte Meta Friedrich Ensor dann auf einem Hafenfest in Bensersiel getroffen. Er gab ihr diesen Flyer, der Werbung für den Wettstreit in Greetsiel machte und sagte, dass er dafür sorgen könne, dass sie an der Veranstaltung teilnimmt.« Torben hob eine Schulter. »Darum nahm Meta an, dass Friedrich Ensor der anonyme Sponsor ist.«

Ruth rieb sich den Hals. Sie hätte sich einen konkreteren Hinweis gewünscht als diese Mutmaßung, die lediglich auf ein paar Wörtern beruhte, die jemand womöglich unpräzise von sich gegeben hatte.

»Meta hat das nur deswegen vermutet, weil Herr Ensor ihr den Flyer gegeben hat und diese vage Andeutung gemacht hat?«, fragte Hagen skeptisch. »Da muss noch mehr dahinterstecken! Welchen Grund sollte dieser Sportbootbauer denn haben, eine solche Veranstaltung ins Leben zu rufen und ein so hohes Preisgeld auszuloben?«

»Dieses Hafenfest in Bensersiel … Friedrich Ensor hatte es ausgerichtet. Und er hatte in den Medien vorher ausdrücklich darauf hingewiesen, dass Straßenkünstler willkommen wären. Er scheint für diese Leute also etwas übrig zu haben.« Torben seufzte. »Meta hatte dort dann einen ihrer besten Auftritte.«

»Ist der Deichgraf auch auf diesem Hafenfest aufgetreten?«, fragte Ruth einer Eingebung folgend.

Torben furchte die Stirn. »Nein«, sagte er gedehnt. »Und das ist verwunderlich, wenn ich jetzt darüber nachdenke. Vielleicht war er krank.«

Ruth nickte bedächtig. »Wir werden dieser Sache auf den Grund gehen«, murmelte sie wie zu sich selbst. Sie fasste Oliver ins Auge. »Haben Sie inzwischen etwas von Ihrer Freundin gehört?«

Oliver schüttelte betrübt den Kopf. »Birte ist immer noch untergetaucht. So langsam fange ich an, mir Sorgen zu machen.«

»Melden Sie sich bei uns, wenn Sie von Birte ein Lebenszeichen erhalten.«

Oliver sah die Hauptkommissarin erschrocken an. »Lebenszeichen?« Er schüttelte sich. »Das klingt ja schrecklich!«

»Ich habe eine Vermisstenmeldung ins Polizeinetz gestellt«, informierte Hagen ihn. »Nach Birte Fiedler wird jetzt bundesweit gesucht. Gut möglich, dass wir bald erfahren, wo sie sich aufhält.«

Oliver nickte gefasst. »Danke«, sagte er.

Ruth sah die Zeit gekommen, sich von den beiden Männern zu verabschieden. Dieser Besuch war gänzlich anders verlaufen, als sie erwartet hatte. Torben und Oliver erschienen ihr nun nicht mehr ganz so verdächtig – und sie hatten von ihnen möglicherweise einen brauchbaren Hinweis erhalten, wer die treibende Kraft hinter diesem Straßenkünstlerwettstreit war.

*

Als Ruth und Hagen in ihr Büro kamen, hatte die hereinbrechende Abenddämmerung einmal mehr ihr graues Tuch über das Fischerdorf gebreitet. Ruth schaltete die Beleuchtung an. Die Lampen vertrieben zwar die Schatten aus dem Büro, erinnerten Ruth aber daran, dass sich ein weiterer Tag ohne sichtbaren Ermittlungserfolg dem Ende neigte, und das stimmte sie unzufrieden.

Hagen sah im elektronischen Postfach der Polizeiwache nach und konnte immerhin vermelden, dass aus dem kriminaltechnischen Labor in Emden Nachricht eingetroffen war.

»Die Kollegen haben die Handys der Wettstreitteilnehmer durchforstet«, berichtete er, während er den Text der betreffenden Nachricht überflog. »Wohin die Veranstalter-App die ausspionierten Daten der befallenen Handys übermittelt, konnte noch nicht festgestellt werden. Daran wird noch gearbeitet.« Hagen sah zu seiner Chefin hinüber, die an ihrem Schreibtisch saß. »Auf Meinert Vollmanns Handy gab es keinerlei Hinweise darauf, dass er unter einer Erdnussallergie gelitten hätte. Es ist also ausgeschlossen, dass Meinerts Mörder diese Information mithilfe der Spionage-App von dessen Smartphone abgegriffen hat. Er muss es auf anderem Weg erfahren haben.«

»Unter Meinerts Sachen wurde ein Allergiepass mit entsprechendem Eintrag gefunden«, erinnerte Ruth ihren Partner. »Der Chefkoch, Mike Repsold und Meinerts Kollegen wussten ebenfalls davon.«

Hagen nickte nachdenklich. »Immerhin können wir jetzt davon ausgehen, dass Eskes Tagebuchvideo mithilfe der Spionage-App zu demjenigen gelangte, der es dann mit Metas Handy an Edna Pollacks E-Mail-Adresse versendet hat. Nur, wer ist es gewesen? Der Deichgraf etwa? Und wo steckte er jetzt?«

»In Sachen Deichgraf kommen wir vorerst nicht weiter«, sagte Ruth. »Konzentrieren wir uns also auf den Hinweis, den Torben Bockel uns gegeben hat.«

»Sie meinen den Sportbootreeder Friedrich Ensor.«

Ruth nickte, während sie die Telefonnummer der Reederei in Bensersiel heraussuchte. »Hoffentlich ist noch jemand vor Ort«, murmelte sie, während sie den Anschluss anwählte.

Zu Ruths Überraschung wurde das Gespräch gleich nach dem zweiten Klingeln entgegengenommen. Eine Frau mit Namen Frida Helbing meldete sich, sagte den Spruch auf, mit dem sie anrufende Kunden zu begrüßen pflegte und fragte schließlich nach dem Anliegen.

Ruth stellte sich vor. »Ich möchte Herrn Friedrich Ensor sprechen, bitte«, schloss sie.

»Der hält sich zurzeit in Leeuwarden auf«, erwiderte die Frau. »Dort findet derzeit die Boot Holland statt, die größte Indoor-Wassersportmesse der Niederlande. Herr Ensor will auf diesem Gebiet Fuß fassen und informiert sich vor Ort über …«

»Ich muss ihn in einer dringenden Angelegenheit sprechen«, unterbrach Ruth Fridas Redefluss.

»Telefonisch ist Herr Ensor momentan nicht zu erreichen, tut mir leid«, erhielt sie pikiert zur Antwort. »Sein Handy ist wohl kaputtgegangen und er hatte noch keine Zeit, ein neues anzuschaffen.«

Das kam Ruth höchst seltsam vor. »Und wie kontaktieren *Sie* ihn?«

»Momentan ist das nur über E-Mail möglich.« Frida nannte Ruth die Adresse. »Wenn Sie ihm schreiben, wird er Sie schnellstmöglich zurückrufen.«

Unwillig furchte Ruth die Stirn. »Es geht um den Straßenkünstlerwettstreit in Greetsiel«, gab sie einen Schuss ins Blaue ab. »Es ist doch richtig, dass Herr Ensor den ausgerichtet hat, nicht wahr?«

Einen Moment lang herrschte Schweigen am anderen Ende der Verbindung. »Also … davon weiß ich nichts.« Erneut trat Stille ein. »Ich bin Friedrichs Privatsekretärin. Ich müsste es wissen, wenn er eine solche Veranstaltung ins Leben gerufen hätte.«

»Sind Sie sich da auch ganz sicher?«

»Und ob ich das bin!« Fridas Stimme klang empört. »Ich habe in der Zeitung davon gelesen, dass es in Greetsiel einen Mord gegeben hat und eine Straßenkünstlerin das Opfer ist. Aber die Veranstaltung, die in dem Artikel erwähnt wird … damit hat mein Chef nichts zu tun. Und überhaupt – warum wissen Sie nichts über den Initiator?«

»Die bürokratischen Angelegenheiten hat der Veranstaltungstechniker erledigt«, erklärte Ruth. »Im Auftrag eines anonymen Geldgebers.«

Ein nachdenkliches Schweigen folgte. »Friedrich hat ein Faible für Straßenkünstler«, sagte Frida. »Es würde zu ihm passen, einen solchen Wettstreit auszurufen. Aber ganz sicher hätte er mir davon erzählt. Das steht außer Frage!«

Ruth hatte den Eindruck, an dieser Stelle nicht weiterzukommen. Sie bedankte sich höflich für das Gespräch und legte auf. Anschließend schrieb sie eine Nachricht an die E-Mail-Adresse des Bootsbauers.

Hagen besah sich unterdessen die Homepage der Reederei. Als Ruth hinzutrat, war auf dem Bildschirm ein Foto von Friedrich Ensor zu sehen. An seiner Seite stand ein junger Mann, der Sohn des Reeders, wie die Bildunterschrift verriet. Edgar Ensor sah genauso stattlich aus wie sein Vater und war ihm wie aus dem Gesicht geschnitten.

»Die Internetseite gibt nichts her, was uns irgendwie weiterhelfen könnte«, stellte Hagen nach einer Weile fest und unterdrückte ein Gähnen.

Ruth lächelte nachsichtig. »Machen wir für heute Feierabend«, sagte sie.

»Was ist mit Alice?«, fragte Hagen und schickte sich an, seinen Computer herunterzufahren.

»Die wird sich in einem der Zimmer im Ferienhaus der Straßenkünstler einrichten«, beschied Ruth. »Sie soll die Nacht über auf die Wettstreitteilnehmer aufpassen. Morgen früh lösen Sie sie ab.« Ruth legte Hagen eine Hand auf die Schulter. »Jetzt schlafen Sie sich erst einmal gründlich aus.«

Der junge Kommissar streckte sich. »Und Sie?«

»Ich werde mich von Felix auf andere Gedanken bringen lassen«, erwiderte Ruth. »Ich habe ihn seit meinem Hamburgaufenthalt nicht mehr gesehen.« Sie lächelte versonnen. »Vielleicht überkommt mich an seiner Seite eine erhellende Inspiration, wie all diese Dinge zusammenpassen und wer der unbekannte Mörder ist.«

Kapitel 7

Felix überraschte Ruth am frühen Morgen mit einer Tüte frischer Brötchen und einer neuen Ausgabe des *Krummhörner Boten*. Als Ruth sich an den Frühstückstisch setzte, brauchte sie nichts zu tun, als den Kaffee zu genießen und sich am Anblick ihres schmucken Kapitäns der Wasserschutzpolizei zu erfreuen.

»Du bist ein wahrer Schatz«, sagte sie, rekelte sich wohlig auf ihrem Stuhl und nahm sich ein Croissant.

Felix lächelte sie über den Tisch hinweg glücklich an. »Jemand muss dich ja umsorgen, wenn die Ermittlungsarbeit dir nicht einmal Zeit für die alltäglichen Dinge lässt.«

»Du tust viel mehr für mich als nur das«, sagte Ruth warmherzig.

»Und das tut mir ebenfalls gut«, gab Felix in aufgeräumter Stimmung zurück.

Eine Weile widmeten sie sich dem Frühstück und sprachen über dies und jenes. Schließlich zog Ruth die Zeitung zu sich heran und warf einen Blick auf die Titelseite. Der Wettstreit der Straßenkünstler war das zentrale Thema, und natürlich ging es in dem Artikel von Edna Pollack auch um die beiden noch ungeklärten Mordfälle. Fotos der Veranstaltung auf dem Greetsieler Marktplatz bebilderten den Text.

Ruth zog die Zeitung dichter an ihren Teller heran und beugte sich darüber. »Ich fasse es ja wohl nicht!«, rief sie perplex. Mit dem Zeigefinger pochte sie auf ein Gesicht inmitten der auf dem Foto abgelichteten Zuschauermenge. »Das hier ist Friedrich Ensor!«

Felix setzte den Teebecher ab, er bevorzugte Schwarztee statt Kaffee zum Frühstück. »Was ist denn mit dem?«

»Seiner Sekretärin zufolge sollte er sich in Holland auf einer Bootsmesse und nicht in Greetsiel aufhalten!«

»Hast du ihn denn auf dem Kicker?«

»Bisher war ich mir nicht sicher … aber jetzt!«

Ruths Handy klingelte. »Das ist Hagen«, stellte sie mit einem Blick auf das Display fest. »Wahrscheinlich hat er Friedrich Ensor auf dem Zeitungsfoto auch gerade entdeckt.« Sie führte das Smartphone an ihr Ohr und sagte: »Ich weiß: Friedrich Ensor war vorgestern auf dem Greetsieler Marktplatz.«

»Moin«, hörte sie Hagen überrumpelt sagen. »Das ist ja ein Ding. Hat die Sekretärin uns womöglich angelogen?«

Ruth furchte die Stirn. »Sie rufen gar nicht deswegen an?«, dämmerte es ihr.

»Ne. Davon wusste ich nichts.«

Ruth griff nach ihrem Kaffeebecher. »Was gibt es denn? Ich hoffe, es ist etwas Dringendes, denn ich frühstücke gerade.«

»Klar – sonst würde ich mich nicht erdreisten, Sie in Ihrer Zweisamkeit mit Felix zu stören.«

»Nun spucken Sie's schon aus«, drängte Ruth.

»Es geht um Birte Fiedler«, sagte Hagen. »Bevor ich Alice beim Ferienhaus der Straßenkünstler ablösen wollte, bin ich noch mal schnell ins Büro, um zu checken ob aus Emden …«

»Kommen Sie auf den Punkt, Hagen.«

»Ich habe eben einen Anruf von dem Kollegen bekommen, der sich um die Vermisstensache Birte Fiedler kümmert. Offenbar ist ihr Handy in der Nacht kurz eingeloggt gewesen. Die entsprechenden Daten haben die Kollegen von Birtes Eltern erhalten, und nun …«

»Wo?«

»In einem Haus in Greetsiel«, sagte Hagen. »Und zwar im Emsweg.«

Diese Nachricht setzte Ruth förmlich unter Strom. »Also dort, wo auch Metas Handy kurz online gegangen war, um Edna Pollack die kompromittierenden Videos zu schicken!«

»Ebenda«, erwiderte Hagen.

Ruth stand abrupt auf. Zum Emsweg war es von ihrem Deichhaus aus nicht weit. Mit dem Fahrrad könnte sie in wenigen Minuten dort sein. Sie ließ sich die Hausnummer geben. »Wir treffen uns bei der Adresse!«, wies sie ihren Partner an. »Alice wird noch ein wenig auf ihre Ablösung warten müssen.« Ohne ein Okay abzuwarten, unterbrach sie die Verbindung.

Felix musterte Ruth kritisch. »Iss unterwegs wenigstens dein Brötchen noch auf, sonst fällst du mir noch vom Fische.«

Ruth sah ihn irritiert an. »Vom Fische?«

Felix lächelte. »Ich wollte nur überprüfen, ob du mir überhaupt noch richtig zuhörst, Liebste.«

»Das werde ich immer tun.« Mit einem Brötchen in der Hand eilte Ruth um den Tisch herum, drückte Felix einen Kuss auf die Stirn, fischte auf dem Weg zum Haupteingang ihre Jacke vom Garderobenhaken und verließ das alte strohgedeckte Friesenhaus.

*

Hagen kam Ruth mit dem zivilen Einsatzwagen entgegen, während sie ihr Fahrrad vor der Grundstückseinfahrt ihres Ziels stoppte. Bei dem Gebäude handelte es sich um einen unscheinbaren Bau mit leidlich gepflegtem Vorgarten. Das Garagentor war geschlossen und hinter einem der Fenster brannte Licht.

Als Hagen aus dem Auto stieg, erkannte Ruth an der charakteristischen Ausbeulung seiner Jacke sofort, dass er seine Dienstwaffe trug.

»Glauben Sie wirklich, das ist nötig?«, fragte sie, denn sie hielt nicht besonders viel von Pistolen und sonstigen Waffen.

Hagen hob kurz eine Schulter. Er wusste sofort, worauf seine Chefin anspielte. »Wir werden gleich womöglich einem Doppelmörder gegenübertreten; oder auch einem Dreifachmörder, wenn er Birte Fiedler ebenfalls auf dem Gewissen hat.«

Dem wusste Ruth nichts entgegenzusetzen. »Sie gehen zum Hintereingang«, wies sie ihn an. »Ich nehme die Vordertür.«

Hagen tippte sich gegen die Stirn und rannte in geduckter Haltung los, wobei er die Büsche als Deckung benutzte, damit er vom Haus aus nicht gesehen wurde. Ruth marschierte derweil schnurstracks auf den Eingang zu und klingelte.

Weil niemand reagierte, läutete sie erneut und schlug dann mit der Faust gegen das Türblatt.

»Ja?!«, drang die Stimme einer Frau nach draußen. »Was gibt es denn?«

»Polizei!«, rief Ruth. »Machen Sie bitte die Tür auf!«

Ein Schlüssel wurde im Schloss herumgedreht und das Gesicht einer jungen, rothaarigen Frau mit Sommersprossen auf den Wangen erschien in dem sich öffnenden Spalt. Ruth erkannte sofort, dass sie Birte Fiedler vor sich hatte. »Geht es Ihnen gut?«, fragte sie mit gedämpfter Stimme.

Birte nickte mit finsterer Miene. »Warum sollte es mir nicht gut gehen?«

»Ihre Eltern haben Sie als vermisst gemeldet.«

Birte sah kurz hinter sich. »Es ist wirklich die Polizei!«, zischte sie.

»Sie sind nicht allein?«, vermutete Ruth.

»Doch – bin ich«, behauptete Birte, während hinter ihr hektische Schritte zu hören waren. Sie war eine schlechte Lügnerin.

»Warum bitten Sie mich nicht herein?«, fragte Ruth höflich und drückte die Tür dabei so kraftvoll auf, dass Birte überrumpelt ein paar Schritte zurücktaumelte.

»Halt – stehen bleiben!«, hörte Ruth Hagens Rufen vom Ende des Hausflurs herüberschallen. Ruth rannte an Birte vorbei den Korridor hinunter, stürmte in die Küche und dann auf die offen stehende Tür zu, die nach draußen in den Garten führte.

»Stehenbleiben!« Wieder Hagens Stimme.

Ein Schuss krachte.

Voller böser Vorahnung sprang Ruth über die Stufen hinweg ins Freie. Hagen lag neben der Treppe auf der Seite im Gras; er zielte mit der Dienstwaffe am ausgestreckten Arm in den wolkenverhangenen Morgenhimmel. Etwa ein halbes Dutzend Schritte entfernt stand – ihnen den Rücken zugekehrt – ein Mann, der einen langen dunklen Mantel und Stulpenstiefel trug. Langsam hob er die Hände und fiel dann auf die Knie. »Nicht schießen – bitte!«, rief er mit bebender Stimme und senkte den Kopf. »Ich … ich habe nichts verbrochen!«

Hagen rappelte sich auf. »Dieser Kerl hat mich brutal beiseitegestoßen«, rechtfertigte er sein Vorgehen. »Er wäre uns durch die Lappen gegangen, wenn ich nicht einen Warnschuss abgegeben hätte.«

»Stecken Sie das verdammte Ding weg!«, fuhr Ruth ihren Partner an und marschierte dann auf den Knienden zu, der jetzt die Hände hinterm Nacken gefaltet hatte. Sie ging um ihn herum, fasste ihn am Kinn und zwang ihn, ihr ins Gesicht zu sehen.

»Friedrich Ensor«, sagte sie unterkühlt. »Sollten Sie nicht in Holland auf einer Bootsmesse sein?«

»Ich … ich kann Ihnen das alles erklären«, haspelte der Bootsbauer.

»Das möchte ich auch stark hoffen.« Ruth deutete mit einem Kopfnicken zum Haus hinüber. Birte stand in der Tür, sah unbehaglich zu ihnen herüber und rieb sich fröstelnd die Oberarme. »Vor allem möchte ich wissen, warum sich eine junge Frau bei Ihnen aufhält, die als vermisst gemeldet wurde.« Sie packte Mantelkragen mit hartem Griff. »Und dann erklären Sie mir, warum Sie die historische Kluft eines Deichgrafen tragen.«

*

Hagen machte ein grimmiges Gesicht und lehnte sich mit dem Gesäß an das Küchenwaschbecken. Misstrauisch beäugte er Birte Fiedler, die einen Tee zubereitete, als argwöhnte er, sie könnte irgendeine Gemeinheit im Schilde führen.

Ruth saß Friedrich Ensor am Küchentisch gegenüber. Der Bootsbauer knetete nervös die Hände und blinzelte unentwegt. Die Sohlen seiner Stulpenstiefel scharrten über den Boden, als wollte er jeden Moment aufspringen und davonstürzen, was Hagen allerdings sofort unterbunden hätte, wie seine angespannte Körperhaltung verriet. Die Stulpenstiefel hatten kein Profil und die Hackenabsätze waren ausgeprägt – das hatte Ruth inzwischen überprüft. In einem der Schlafzimmer hatte sie überdies den Dreispitzhut mit der breiten Krampe und die venezianische Maske gefunden. Auch ein falscher Vollbart und ein Zopf hatten nicht gefehlt.

In einem anderen Schlafzimmer hatte sich Birte Fiedler offenbar provisorisch eingerichtet. Das Haus wurde an Touristen vermietet, wie Hagen inzwischen herausgefunden hatte, und Friedrich Ensor hatte es für den Zeitraum des Straßenkünstlerwettstreits gebucht.

Weder Friedrich Ensor noch Brite Fiedler hatten bisher etwas gesagt. Sie benahmen sich wie Menschen, die sich keiner Schuld bewusst waren und störrisch darauf beharrten, dass sie richtig gehandelt hätten. Ruth kannte die körperlichen Anzeichen nur zu gut und ahnte, dass es nicht ganz einfach werden würde, zu den beiden durchzudringen. Daher gab sie sich vorerst gelassen, als würde das, was den Reeder und Birte momentan beschäftigte, in ihren Augen nicht sonderlich schwerwiegen.

Birte kam mit einem Teeservice an den Tisch. Das Klappern der Tassen klang in der angespannten Stille unnatürlich klar und glockenhell.

Ruth ergriff Birtes Handgelenk, als sie den Zuckertopf voller Kandis in der Tischmitte abstellte. »Heute Nacht wurde Ihr Handy angeschaltet«, sagte sie. »Waren Sie das?«

Birte zog ihre Hand zurück und rieb sich unbehaglich das Gelenk. Sie nickte abgehakt. »Ich … ich wollte meinen Eltern eine Nachricht schicken. Weil … sie machen sich bestimmt Sorgen. Aber dann habe ich es ausgemacht, ohne eine Mitteilung abzusenden.«

Friedrich Ensor sah Birte streng an. »Wegen dir haben wir jetzt diesen Ärger!«, sagte er vorwurfsvoll. »Hättest du nicht wenigstens rausgehen können, bevor du dein verdammtes Smartphone aktivierst?«

»Es tut mir leid«, sagte Birte unglücklich.

Ensor wandte genervt das Gesicht ab. »Ich hätte dich nicht bei mir aufnehmen sollen. Das war ein schwerer Fehler!«

»Ich wusste doch gar nicht, dass … dass die Polizei hinter dir her ist! Du meintest nur, dass du in Greetsiel unerkannt bleiben möchtest.« Birte sah Ruth eindringlich an. »Friedrich hat ganz bestimmt nichts Schlimmes getan. Er ist ein guter Mensch!«

Der Reeder winkte wütend ab.

»Er hatte Mitleid mit mir«, erklärte Birte aufgewühlt. »Ich hatte Streit mit meinem Freund, und meine Eltern hatten mich ebenfalls unter Druck gesetzt. Mir war das alles zu viel; ich bin heulend durch Greetsiel geirrt und wusste nicht mehr weiter.« Sie warf dem Bootsbauer einen scheuen Blick zu. »Friedrich sprach mich an, und als ich ihm erzählte, was los war, bot er mir an, dass ich in seinem Ferienhaus unterkommen könne.« Sie verzog den Mund. »Natürlich war mir das zuerst nicht geheuer. Aber ich war so verzweifelt, dass ich die Einladung dann annahm. Ich musste unbedingt einen klaren Kopf bekommen und wollte allein sein.« Sie lächelte verzagt. »Und genau das habe ich hier gefunden. Friedrich ist ein schrecklich netter Kerl. Er würde keiner Fliege etwas zuleide tun. Er war gut zu mir. Keine Sekunde lang habe ich mich von ihm bedrängt oder belästigt gefühlt!«

»Und nun ist mir meine neu entdeckte Empathie zum Verhängnis geworden«, sagte Ensor bitter.

Birte seufzte niedergeschlagen. »Es tut mir wirklich leid. Ich hätte besser aufpassen sollen!«

Ruth wandte sich dem Bootsbauer zu. »Sie wollten also nicht, dass Birte ihr Handy in diesem Haus anschaltete.« Sie nickte gewichtig. »Das kann ich gut verstehen. Immerhin sind Sie nach draußen auf die Straße gegangen, wenn Sie Metas Smartphone anschalten wollten, um der Reporterin Edna Pollack eine Mail mit Videoanhang zu schicken.«

Dass Ruth davon wusste, schien den Reeder nicht weiter zu beeindrucken. Stumm starrte er aus dem Küchenfenster.

»Wie sind Sie an Metas Handy herangekommen?«, fragte Hagen. »Haben Sie es genommen, nachdem Sie sie umgebracht haben?«

Ensors Kopf ruckte zu dem jungen Kommissar herum. »Ich habe Meta nicht ermordet!«, schrie er und war dann sichtlich um Fassung bemüht. »Meta war ihr Handy auf dem Greetsieler Marktplatz aus der Tasche gefallen, und niemand hat es bemerkt«, fuhr er fort. »Ich hielt mich ganz in der Nähe auf, um die Straßenkünstler während ihres abendlichen Spaziergangs zu beobachten. Und da habe ich die Chance eben ergriffen, die sich mir geboten hat und das Smartphone an mich genommen, als die Künstler weg waren.« Er lächelte ansatzweise. »Es war sogar entsperrt, sodass ich die Einstellungen später entsprechend anpassen und es ganz nach meinen Vorstellungen benutzen konnte.« Er machte ein grimmiges Gesicht. »Dieses verlorene Handy war wie ein Geschenk für mich! Das Prepaid-Gerät, das ich mir extra angeschafft hatte, brauchte ich nun gar nicht mehr. Metas Apparat für mein Vorhaben zu benutzen, würde der ganzen Sache sogar noch eine weitere Dimension verleihen und Meta in Verruf bringen … das hat mir gefallen!«

»Sie haben Metas Handy also benutzt, um …«, setzte Hagen an, aber der Gefragte unterbrach ihn unwirsch.

»Ich habe der Reporterin das kompromittierende Video über Meta Sasse noch in derselben Nacht geschickt, ja! Hätte ich geahnt, dass die Jongleurin in jener Nacht ermordet wurde, hätte ich es natürlich nicht getan. Dann hätte ich meinen Rachefeldzug gegen die Straßenkünstler anders gestaltet. Aber ich wusste ich ja nichts von diesem schrecklichen Verbrechen!« Er atmete durch, wie um Anspannung abzubauen. »Als ich am nächsten Tag von dem Mord erfuhr, habe ich Panik bekommen.« Er verstummte, fing erneut an, nervös seine Hände zu kneten, während der Tee in der Kanne langsam kalt wurde.

»Sie hegen also Rachegelüste gegen die Wettstreitteilnehmer«, stellte Ruth sachlich fest, die auch keine Lust verspürte, jetzt einen Tee zu trinken. »Warum? Was war der Anlass?«

Ensors Gesichtszüge drohten zu entgleisen. »Wegen Edgar, meinem Sohn!«, stieß er verbittert aus.

»Was ist mit Ihrem Sohn?«, wollte Hagen wissen.

Ensor sah ihn verächtlich an. »Er ist tot – und das sollten Sie als Ermittler eigentlich herausgefunden haben, obwohl ich es nicht an die große Glocke gehängt habe. Die Beerdigung fand im engen familiären Kreis statt, und es gab keine Todesanzeige, gar nichts!«

»Warum?«

Ensor rieb sich mit den Händen das Gesicht. »Edgar hat Selbstmord begangen – vor etwa vier Monaten!«, kam es dumpf hinter seinen Händen hervor. »Wegen seiner Kollegen, den anderen Straßenkünstlern!« Er ließ die Hände sinken, seine Augen hatten sich gerötet. »Edgar ist mit der Ablehnung nicht mehr zurechtgekommen, die ihm von seinen Kollegen aus allen Richtungen entgegenschlug. Er war sehr feinfühlig und sensibel. Er wollte doch nur Anerkennung, aber die wurde ihm verwehrt. Stattdessen erntete er nur Spott und Hohn. Das hat ihn gebrochen!«

»Wollen Sie andeuten, dass Ihr Sohn Edgar der Deichgraf gewesen ist?«, fragte Hagen.

Der Bootsbauer zupfte niedergeschlagen an seinem Mantelkragen und nickte. »Er hatte all sein Herzblut in die Entwicklung dieser Kunstfigur gesteckt. Er liebte es, in der Verkleidung des Deichgrafen aufzutreten und seine Sentenzen zu rezitieren. Tag und Nacht schrieb er an den Wahrsprüchen, feilte daran herum. Er war sich bewusst, dass er die Leute damit verstörte und sie ihn befremdlich finden würden. Und genau das war es, was er wollte! Für ihn war das, was er tat, pure, unverstellte Kunst. Nur haben das seine Kollegen nie begriffen. Stattdessen verachteten sie ihn!«

»Warum hat Edgar sich den anderen Straßenkünstlern nicht zu erkennen gegeben?«, wunderte sich Ruth. »Das hätte die Situation für ihn sicherlich zu seinen Gunsten geändert.«

Ensor lächelte schwach. »Edgar wollte nie als Privatperson Anerkennung finden, es ging ihm ganz allein um seine Kunstfigur: den Deichgrafen. Am Ende war sie ihm sogar wichtiger als sein eigenes Leben. Darum tue ich alles in meiner Macht Stehende, damit diese Figur nicht in Vergessenheit gerät. Edgar hat den Freitod gewählt – daran kann ich leider nichts ändern. Aber ich kann dafür sorgen, dass der Deichgraf weiterlebt!«

»Darum also diese Maskerade«, sagte Hagen. »Sie sind anstelle Ihres Sohnes in die Rolle des Deichgrafen geschlüpft.«

Ensor wiegte den Kopf. »Ob es mir tatsächlich gelingt, bezweifle ich langsam. Edgar hatte zwar annähernd dieselbe Statur wie ich, und ich bemühe mich redlich, seine Mimik zu kopieren, aber seine immer neuen Sentenzen sind unnachahmlich. Ich nehme eine KI zu Hilfe, um Wahrsprüche zu generieren. Doch ich fürchte, sie haben keine Seele.«

»Es gibt tatsächlich Fans des Deichgrafen, denen diese Veränderung aufgefallen ist«, sagte Ruth und dachte dabei an Torben Bockel und Oliver Pleitgen.

Ensor zuckte gleichmütig mit den Schultern. »Die anderen Straßenkünstler spotten dennoch weiterhin über ihn.« Zornig ballte er die Fäuste. »Und dafür sollen sie alle büßen!« Erschrocken öffnete er die Hände und sah besorgt zwischen den Kriminalisten hin und her. »Aber mit den Morden an den Straßenkünstlern habe ich nichts zu tun!«, beteuerte er. »Sicher – ich wollte ihren Ruf ruinieren. Darum rief ich inkognito diesen Wettstreit in Greetsiel ins Leben. Die Teilnehmer habe ich persönlich ausgewählt. Es erhielten nur diejenigen eine Zusage, die meinem Sohn besonders übel mitgespielt hatten. Ich wollte ihren Ruf zerstören, sie in der Öffentlichkeit bloßstellen. Dafür entwickelte ich eine App, beauftragte einen Veranstaltungstechniker, von dem ich wusste, dass er keine Fragen stellen würde …« Der Reeder seufzte schwer. »Ich hatte alles perfekt geplant. Aber nun sind mir die Zügel aus der Hand gerissen worden. Die Sache ist aus dem Ruder gelaufen! Zwei Wettstreitteilnehmer sind ermordet worden – warum weiß ich nicht.« Er ließ die Schultern hängen. »Wahrscheinlich klingt das in Ihren Ohren vollkommen unglaubwürdig.«

Ruth wandte sich Birte zu, die sich ihre Hände an einem Teebecher wärmte. »Wussten Sie von alledem?«

Die junge Frau zuckte die Achseln. »Ich interessiere mich nicht sonderlich für Straßenkünstler. Dem Deichgrafen bin ich auch nie begegnet.« Sie lächelte dünn. »Nachts habe ich manchmal gehört, wie Friedrich in seinem Zimmer seine Auftritte übte. Er hat ziemlich dummes Zeug von sich gegeben, wenn Sie mich fragen.«

Ensor schien seinem Gast diese Äußerung nicht krummzunehmen. »Eine KI kann dem genialen Geist meines Sohnes eben nicht das Wasser reichen«, sagte er bloß.

Ruth fragte den Reeder jetzt, wo er zu den Tatzeiten der beiden Morde gewesen war.

»In diesem Haus«, antwortete Ensor. »Allein – von Birte natürlich abgesehen. Die hat in ihrem eigenen Zimmer geschlafen.«

Ruth sah Birte fragend an.

»Ich würde ja gerne bezeugen, dass du zu den fraglichen Zeiten hier gewesen bist. Aber dann müsste ich lügen, denn ich weiß es nicht zweifelsfrei.«

Ensor winkte ab. »Das verlangt keiner von dir.«

»Warum haben Sie später ein zweites bloßstellendes Video an Eda Pollack geschickt, obwohl Sie da von dem Mord an Meta Sasse bereits wussten?«, fragte Hagen. »Vorhin meinten Sie noch, dass sie das erste Video nicht versendet hätten, wenn Sie von Metas Ermordung Kenntnis gehabt hätten.«

»Im ersten Video ging es um Meta, und ich finde es geschmacklos, Schlechtes über Menschen zu verbreiten, die bereits tot sind. In dem zweiten Video wurde Klaas Hug bloßgestellt – und der Pantomimekünstler weilt ja noch unter den Lebenden. Für mich gab es also keinen Grund, dieses Videomaterial, das mir durch die Spionage-App zugespielt wurde, nicht zu veröffentlichen.« Er schüttelte vehement den Kopf. »Ich konnte meine Rachepläne nicht einfach aufgeben. Ich hatte zwar gewisse Skrupel, aber ich habe niemanden ermordet, warum also sollte ich diese Aktion abbrechen? Ich habe eine Menge Zeit und Geld investiert …« Er brach ab und verzog das Gesicht, als würde er sich in diesem Moment für seine Worte verabscheuen.

»Meta Sasse hat Ihren Sohn persönlich gekannt«, brachte Hagen jetzt einen anderen Aspekt zur Sprache. »Sie studierten eine Zeit lang an derselben Uni Medienwissenschaften.«

Ensor zuckte gleichgültig mit den Schultern. »Meta wusste nicht, dass Edgar der Deichgraf ist. Es muss ihn besonders geschmerzt haben, dass Meta seine Kunstfigur missverstanden und verachtet hat.«

»Sie hatten ein starkes Motiv, Meta Sasse zu töten«, stellte Hagen fest.

Ensor sah traurig auf seine Hände hinab. »Vielleicht habe ich es mir gewünscht – in manch dunkler Stunde. Es zu wünschen und es dann tatsächlich zu tun, ist allerdings ein himmelweiter Unterschied!«

»Es gibt einige Indizien, die auf Sie als Täter hindeuten«, sagte Ruth.

Der Bootsbauer furchte die Stirn. »Wie kann das sein?«, fragte er, »wo ich diese Morde doch gar nicht begangen habe!«

Hagens Handy klingelte. Hastig holte er es hervor, hielt es sich ans Ohr und drehte sich der Spüle zu. Mit gedämpfter Stimme redete er auf seinen Gesprächspartner ein.

»Es ist Alice«, sagte er dann an Ruth gerichtet. »Sie will wissen, wo ich bleibe.« Er warf Ensor einen kurzen Blick zu. »Benötigen die

Straßenkünstler denn jetzt überhaupt noch polizeilichen Schutz?«, fragte er seine Chefin.

Ruth bedeutete ihm, ihr das Smartphone zu geben. »Moin, Alice«, sagte sie. »Können Sie noch eine kleine Weile die Stellung halten? Hagen und ich sind gerade beschäftigt.« Die Bewachung abzubrechen, erschien ihr zu riskant, denn sie war nicht hundertprozentig davon überzeugt, in Friedrich Ensor tatsächlich den Mörder der beiden Straßenkünstler vor sich zu haben.

»Moin«, erwiderte die Streifenpolizistin hellwach. »Ja, das geht klar. Die Sache ist nur die, dass Herr Repsold mit den Künstlern jetzt einen Ausflug auf einem Krabbenkutter geplant hat; damit sie auf andere Gedanken kommen. Die wollen jetzt aufbrechen. Ich müsste mich ihnen also anschließen, wenn Hagen nicht schnell auftaucht, um mich abzulösen.«

»Hhm«, machte Ruth. »Eigentlich …«

»Verstehe«, sagte Alice und seufzte gefasst. »Die frische Meeresluft wird meine Lebensgeister schon auf Vordermann bringen. Machen Sie sich keine Sorgen. Ich werde das Kind schon schaukeln.«

»Sind Sie sich wirklich sicher …«

»Alles gut«, ließ Alice die Hauptkommissarin erneut nicht zu Wort kommen. »Ich bringe Ihnen und Hagen eine Handvoll Krabben ins Büro, wenn ich in ein paar Stunden zurück bin – vorausgesetzt, wir fangen welche.«

»Sie sind ein Schatz«, sagte Ruth.

»Wenn, dann bin ich ein Piratenschatz«, scherzte Alice, verabschiedete sich und legte auf.

*

Ruth ließ ihr Fahrrad im Emsweg stehen und stieg zu Hagen in den zivilen Einsatzwagen. Auf der Rückbank saß Friedrich Ensor, der von den Kriminalisten vorläufig in Gewahrsam genommen wurde, um das Verhör in offiziellem Rahmen in der Polizeiwache fortzusetzen. Zuvor hatte Ruth Birte nahegelegt, sich endlich bei ihren Eltern zu melden und zu erwägen, ob sie sich nicht vielleicht mit Oliver, ihrem Freund, aussprechen sollte. Zu beidem schien die junge Frau bereit zu sein, sodass Ruth sich nun beruhigt wichtigeren Dingen widmen konnte.

In dem kleinen schmucken Friesenhaus in der Ankerstraße angekommen, führte Hagen den Bootsbauer unverzüglich in den Verhörraum und bereitete alles für die Befragung vor. Ruth stieß kurze Zeit später hinzu, einen Tablet-Computer unter dem Arm geklemmt. Sie platzierte das eingeschaltete Gerät vor dem Reeder auf dem Tisch und ließ das Überwachungsvideo abspielen. »Das ist beim Ferienhaus der Künstler während des Zeitraums aufgenommen worden, als Meinert Vollmann getötet wurde«, erläuterte sie.

Ensor beobachtete das Geschehen auf dem Bildschirm mit gerunzelter Stirn. Verwundert blickte er zu den Kriminalisten auf, die abwartend dastanden. »Das bin ich nicht«, behauptete er. »Jemand anderes hat sich als Deichgraf verkleidet!« Verbittert schüttelte er den Kopf. »Jemand schändet das Vermächtnis meines Sohnes, das ist unerträglich!«

»Außerdem wurden am Ufer der Gracht Stiefelabdrücke sichergestellt, die Metas Mörder hinterlassen haben muss«, sagte Ruth. »Abdrücke, die Stulpenstiefel wie die Ihren hervorgerufen haben könnten.«

»Das muss ebenfalls dieser Doppelgänger gewesen sein!« Ensor lehnte sich auf dem Stuhl zurück und verschränkte die Arme. »Ich will einen Anwalt«, verkündete er. »Ein Fremder missbraucht die Kunstfigur meines Sohnes, um Morde zu begehen. Und ich bin da mit hineingezogen worden. Ohne anwaltliche Hilfe werde ich Sie nicht davon überzeugen können, dass ich nichts damit zu tun habe.«

»Es fällt schwer, das zu glauben, nachdem wir nun wissen, was Sie alles in die Wege geleitet haben, um die Straßenkünstler, während dieses von Ihnen inkognito ins Leben gerufenen Wettstreits in Misskredit zu bringen«, stellte Hagen fest.

»Ich wollte sie bloßstellen, aber nicht umbringen!«, rief der Reeder aufgebracht. Frustriert ließ er die Schultern hängen. »Diesen Wettstreit auszurichten war ein Fehler. Und das war anscheinend nicht die einzige Dummheit, zu der mich der Selbstmord meines Sohnes getrieben hat!«

»Sie werden einen Anwalt bekommen«, stellte Ruth in Aussicht. »Aber erklären Sie mir vorher bitte, auf welche andere Dummheit Sie gerade angespielt haben.«

Ensor winkte ab. »Empathie«, sagte er bloß und verzog geringschätzig das Gesicht. »Nach Edgars Tod bin ich irgendwie mitfühlend geworden.« Er seufzte genervt. »Ich hätte mir treu bleiben sollen, meinen Befindlichkeiten und meinen Geschäften alles andere unterordnen sollen, wie ich es sonst immer getan habe. Ich hätte der Egoist bleiben sollen, der ich immer gewesen bin. Nicht einmal der Tod meiner eigenen Frau hat mich gekratzt. Ich habe einfach wie gehabt weitergemacht. Aber Edgar … ihn zu verlieren, das hat mich irgendwie weich gemacht!«

»Birte Fiedler in Ihrem Ferienhaus Unterschlupf zu gewähren, hat uns zu Ihnen geführt«, sagte Ruth. »Wir wären Ihnen auch so irgendwann auf die Schliche gekommen. Das Mitgefühl, das Sie für die junge Frau empfunden haben, als sie weinend durch Greetsiel irrte, ist ganz sicherlich nicht als Dummheit zu betrachten.«

Ensor sah Ruth bewegt an. »Es ist nett, dass Sie das sagen. Eigentlich habe ich mich dabei auch sehr gut gefühlt. Genauso wie ich mich gut gefühlt habe, als ich Mike Repsold den Zuschlag gab, die Organisation des Wettstreits zu übernehmen.« Er seufzte. »Das war das Mindeste, was ich für mein uneheliches Kind tun konnte: ihn aus seiner finanziellen Krise zu befreien.«

»Moment mal«, sagte Ruth perplex. »Mike Repsold ist Ihr unehelicher Sohn?«

Ensor zuckte mit den Schultern. »Ein unrühmliches Kapitel in meinem Leben. Lange Zeit habe ich Mike ignoriert und seine Existenz geleugnet. Edgars Tod hat mich dann komplett umdenken lassen.« Er seufzte schwer. »Mike war der ideale Kandidat für den Job als Veranstaltungstechniker; ich konnte so einen Teil meiner Schuld bei ihm abtragen, ohne dabei selbst in Erscheinung zu treten.«

»Mike Repsold weiß also gar nicht, dass er für seinen leiblichen Vater arbeitet?«, fragte Ruth.

Erneut zuckte Ensor mit den Schultern. »Es mag feige erscheinen. Aber Mike ist nicht sonderlich gut auf mich zu sprechen. Ich bin sicher, dass er den Auftrag abgelehnt hätte, wenn er erfahren hätte, dass ich dahintersteckte. Aus diesem Grund habe ich Vorkehrungen getroffen, dass er nicht dahinterkommen kann, dass ich diesen Wettstreit ausrichte.«

Ruth wandte sich Hagen zu. »Erinnern Sie sich noch, wie hasserfüllt Mike über seinen leiblichen Vater gesprochen hat?«

Hagen nickte unbehaglich. »Er war ganz schön geladen.« Er sah den Bootsbauer an. »Mike macht Sie für den Tod seiner Mutter verantwortlich. Sie starb kürzlich an Leberzirrhose.«

»Ich sagte bereits, dass ich ein ziemlich egoistisches Arschloch gewesen bin«, erwiderte Ensor zerknirscht.

Hagen wandte sich seiner Chefin zu. »Wäre es nicht denkbar, dass Mike Meta Sasse und Meinert Vollmann ermordet hat? Er hat sich ziemlich bemüht, der Polizei gegenüber den Deichgrafen als Täter hinzustellen. Denken Sie nur an die Überwachungskamera, die er extra installiert hat. Er ist in seiner Verkleidung absichtlich durch den Aufnahmebereich gelaufen, um uns mit der Nase darauf zu stoßen, dass der Deichgraf Meinert ermordet hat. Dasselbe hat er vermutlich mit den Stiefelabdrücken getan.«

»Das ist Quatsch!«, rief Ensor dazwischen. »Warum sollte Mike so etwas tun? Wo wäre das Motiv?«

Ruth sah den Mann nachdenklich an. »Gehen wir mal einen Moment von Ihrer Unschuld aus. Dann kann man feststellen, dass jemand versucht, dem Deichgraf die Morde an den Straßenkünstlern anzuhängen.«

Ensor legte eine Hand auf seine Brust. »Sie meinen, dass Mike *mir* die Morde anlasten will? Er kann jedoch unmöglich wissen, dass ich …«

»Was macht Sie da so sicher?«, unterbrach Hagen ihn.

»Ich mag nicht so talentiert wie Edgar sein, was das Schreiben von Sentenzen betrifft, aber ich verstehe es bestimmt weitaus besser als er, etwas geheim zu halten.«

Diese Aussage brachte Ruth auf eine Idee. »Dann ist Mike vielleicht Edgar auf die Schliche gekommen. Er hat herausgefunden, dass er in der Verkleidung des Deichgrafen auf Straßenfesten auftritt.«

»Und da Edgar ja nun leider tot ist, und sich der Deichgraf trotzdem auf Festen blicken lässt, kann er sich wahrscheinlich denken, dass Sie in diese Rolle geschlüpft sind«, vervollständigte Hagen.

Ensor schüttelte wenig überzeugt den Kopf. »Mich würde wundern, wenn Mike von dem Ableben seines Halbbruders erfahren hätte.« In plötzlicher Erkenntnis sprang er von seinem Stuhl auf. »Mike will gar nicht mir die Morde anhängen, sondern Edgar, seinem Halbbruder!«

Hagen kratzte sich am Hinterkopf. »Das halten Sie für wahrscheinlicher, als dass er Ihnen diese Morde zur Last legen will?«

Ensor nickte eifrig. »Er wird sich vorstellen können, wie hart es mich treffen würde, wenn Edgar des Mordes bezichtigt würde. Das würde mich mehr aus der Bahn werfen, als wenn ich fälschlicherweise für einen Mörder gehalten werde!«

Ruth holte ihr Handy hervor. »Mike hält sich zusammen mit den Straßenkünstlern an Bord eines Krabbenkutters auf. Sollte er wirklich für diese Morde verantwortlich sein, besteht für die Ausflügler akute Lebensgefahr!«

Hagen vergrub die Hände in den Hosentaschen. »Zum Glück ist Alice mit von der Partie und passt auf. Sie muss sofort von unserem Verdacht unterrichtet werden!«

»Was glauben Sie, was ich gerade mache.« Ruth lauschte angespannt dem Klingelzeichen. Es läutete und läutete, aber nichts tat sich. »Sie geht nicht ran! Und die Künstler können wir auch nicht erreichen, weil wir ihre Handys konfisziert haben.«

Hagen hielt sein Smartphone bereits in der Hand. »Ich rufe den Hafenmeister an und frage, wann der Ausflugskutter losgeschippert ist.« Zwei Minuten später hatte er die benötigte Information. »Sie sind mit der *Gräte* unterwegs. Das Boot hat vor einer Viertelstunde abgelegt.«

»Dann sind sie vermutlich noch auf dem Leyhörner Sieltief unterwegs und haben die Schleuse noch nicht erreicht!«, sagte Ruth.

»Warum rufen Sie Mike nicht kurzerhand an?«, fragte Ensor.

Ruth schüttelte den Kopf. »Ich will ihm gegenüberstehen und in die Augen sehen, wenn ich ihn mit unserem Verdacht konfrontiere. Am Telefon kann ich kaum Einfluss auf ihn nehmen und nicht eingreifen, sollte er unangemessen reagieren und andere bedrohen.«

»Ich kann mir vom Hafenmeister die Nummer des Kapitäns geben lassen«, schlug Hagen vor.

Ruth überlegte kurz, schüttelte dann aber den Kopf. »Womöglich bringen wir den Mann nur in Gefahr. Es muss einen anderen Weg geben, die *Gräte* aufzuhalten und an Bord zu gelangen.«

Hagen nickte verstehend und wählte kurzerhand die Nummer des Schleusenwärters. Er sagte seinen Polizeispruch auf und kam dann gleich zur Sache. »Die *Gräte* – wenn sie bei Ihnen eintrifft, halten Sie das Boot unter einem Vorwand unbedingt in der Schleuse fest. Der Kutter darf nicht aufs offene Meer hinaus. Und bleiben Sie dem Boot fern. Wir sind gleich vor Ort!« Ohne eine Bestätigung abzuwarten, schob er das Handy zurück in die Hosentasche und wandte sich der Tür zu.

»Nehmen Sie mich mit!«, verlangte Ensor.

Ruth zögerte einen kurzen Moment. Dann gab sie nickend ihr Einverständnis. Sollte sich an Bord der *Gräte* eine Gefahrenlage abzeichnen, könnte der Reeder möglicherweise etwas zur Deeskalation beitragen.

*

Zur Mittagsstunde waren nur wenige Spaziergänger und Fahrradfahrer auf der kilometerlangen asphaltierten Zufahrt zum Leysiel unterwegs. Hagen kam mit dem zivilen Einsatzwagen daher rasch voran, sodass er auch das Martinshorn und das Blaulicht nicht einzuschalten brauchte. Dies hätte er nur im Notfall getan, denn der zuckende Schein der Kreisellampe und die durchdringende Sirene hätten Mike Repsold nur verraten, dass die Polizei am Anrücken war. Die Spundwände der Schleuse waren so hoch, dass wegen ihnen von den Booten aus der Blick auf die Umgebung verstellt wurde. Ruth hoffte daher, dass der Veranstaltungstechniker noch arglos war und sie ihn überrumpeln konnten. Dass Alice allerdings nicht an ihr Handy ging, ließ sie befürchten, dass Mike entweder irgendetwas im Schilde führte oder bereits Lunte gerochen hatte und argwöhnte, dass die Polizei ihm auf die Schliche gekommen war.

Hagen stoppte den BMW vor dem Häuschen des Schleusenwärters. Der Aufseher kam den Kriminalisten entgegen, während sie ausstiegen.

»Gut, dass Sie endlich hier sind«, sagte er aufgebracht. »Auf dem Kutter schlägt jemand ziemlichen Alarm, weil ich das Schleusentor nicht aufmache.«

Ruth hörte die wütenden Rufe bereits, die aus der Tiefe der Schleusenkammer heraufschallten. Die Masten eines Krabbenkutters ragten aus dem Schacht empor, mehr war von dem Boot nicht zu sehen. Der Tumult hatte die wenigen Touristen angelockt, die die Schleusenanlage hatten besichtigen wollen. Etwa ein Dutzend Schaulustige standen an dem Geländer, blickten in die Kammer hinab oder filmten mit ihren Handys.

»Bringen Sie die Leute da weg«, wies Ruth ihren Partner an. »Und Sie bleiben vorerst hier stehen«, sagte sie dann an Friedrich Ensor gerichtet.

Mit hochgehaltenem Dienstausweis eilte Hagen auf die Besucher zu und forderte sie auf zurückzutreten. Widerstrebend wurde ihm gehorcht. Stattdessen trat Ruth nun an das Geländer und spähte vorsichtig zum Krabbenkutter hinab. Eine Wetterplane war über das Deck gespannt, sie sollte die Rundfahrtteilnehmer im Bedarfsfall vor Sonne, Wind und Regen schützen. Den darunterliegenden Bereich konnte Ruth von ihrer Position aus nicht einsehen. Da sie die Straßenkünstler am Bug oder rund um das Führerhäuschen nicht entdecken konnte, vermutete sie, dass sie sich alle unter der Plane aufhielten.

Mike Repsold stand in der Tür des Führerhäuschens und brüllte: »Wie lange soll das den noch dauern? Lassen Sie uns endlich passieren!« Er verstummte, als er der Hauptkommissarin ansichtig wurde. Misstrauisch äugte er zu ihr hoch. »Ist irgendwas?«, rief er mürrisch.

»Ich möchte mit Alice Bergmann sprechen«, erwiderte Ruth. »Sie ist über ihr Handy nicht zu erreichen.«

»Die ist nicht mit an Bord gekommen«, behauptete Mike. »Keine Ahnung, wo sie steckt. Das ist nicht mein Problem.«

»Tjado, Eske, Klaas, Theda, zeigen Sie sich mir bitte!« Ruths Rufe hallten hohl in der Schleusenkammer wider.

»Hilfe!«, schallte es plötzlich unter der Plane hervor. Ruth glaubte Tjados Stimme zu erkennen. »Mike ist total durchgedreht. Er will uns alle umbringen!«

»Du sollst dein verdammtes Maul halten!«, brüllte Mike.

»Er hat Alice bewusstlos geschlagen; sie liegt gefesselt zu unseren Füßen!«, kreischte Eske.

»Ihr sollt ruhig sein!« Mike kam nun ganz aus dem Führerhäuschen hervor und riss den Arm hoch. In seiner Faust hielt er eine Pistole, mit der er jetzt auf die Straßenkünstler unter der Plane zielte.

Mit dieser Waffe hatte Mike vorher wahrscheinlich den Kapitän in Schach gehalten, wie Ruth vermutete. Sie umfasste das Geländer fest mit den Händen. »Nehmen Sie Vernunft an, Mike«, sagte sie so unaufgeregt, wie es ihr in Anbetracht der Lage möglich war. »Wir haben Ihr Spiel durchschaut. Machen Sie es für sich nicht noch schlimmer, als es sowieso schon ist.«

Ruckartig zielte Mike mit der Waffe auf die Hauptkommissarin. »Sagen Sie dem Schleusenwärter, dass er das verdammte Tor aufmachen soll!«

»Wo wollen Sie denn hin?«, fragte Ruth. »Die Wasserschutzpolizei wird Sie in Windeseile aufgegriffen haben.«

Das reglose Gesicht des Veranstaltungstechnikers ließ Ruth erahnen, dass er mit seinem Leben längst abgeschlossen hatte, dass er dies bereits getan hatte, als er diese Kutterfahrt in die Wege geleitet hatte. Niemand sollte diesen Ausflug überleben, er nicht, die Straßenkünstler nicht und der Kapitän womöglich auch nicht. Ruth erkannte in diesem Moment, dass sie mit Verhandlungen nicht weiterkommen würde.

»Wir wissen, dass Sie Meta Sasse und Meinert Vollmann ermordet haben«, sagte sie unverblümt. »Ihr Plan, diese Verbrechen jemand anderen anzuhängen, ist gescheitert.«

»Dann gibt es für mich erst recht keinen Grund, umzukehren!«, rief Mike verbittert.

»Edgar, Ihr Halbbruder … er ist tot«, fuhr Ruth fort. »Das haben Sie nicht gewusst, nicht wahr.«

Mike starrte sie entgeistert an. »Sie lügen!«

»Edgar hat vor einigen Monaten Selbstmord begangen.«

Kraftlos ließ Mike den Waffenarm sinken. »Das ist nicht wahr!«

»Friedrich, Ihr leiblicher Vater, er hat bereits den größten Schmerz durchlitten, den ein Vater durchleben kann. Er hat ein Kind verloren. Was immer Sie jetzt tun werden, nichts von alledem könnte diesen Schmerz übertrumpfen. Ihr Opfer wäre also umsonst.«

»Das ist nicht wahr!«, tönte neben der Hauptkommissarin eine Stimme auf.

Ruth starrte Ensor entgeistert an, der von ihr unbemerkt neben sie an das Geländer getreten war. »Sind Sie verrückt!«, zischte sie ihm zu. »Verschwinden Sie sofort!«

Der Angesprochene schüttelte den Kopf. »Mike!«, rief er seinem unehelichen Sohn stattdessen zu. Der blickte verwirrt zu ihm hinauf. »Gib auf, Sohn. Ich will nicht noch ein Kind verlieren!«

»Was hast *du* denn hier zu suchen?«, schrie Mike aggressiv.

»Ich bin der anonyme Initiator dieses Straßenkünstlerwettstreits«, eröffnete Ensor ihm. »Ich habe dir diesen Job gegeben, um eine Versöhnung herbeizuführen.«

»Das glaube ich dir nicht!« Mike zielte mit der Pistole auf seinen leiblichen Vater. »Hättest du so was wirklich vorgehabt, hättest du dich mir zu erkennen gegeben. Stattdessen hast du dich feige versteckt!«

»Edgar … er ist wirklich nicht mehr am Leben«, sagte Ensor mit schwankender Stimme. »Du bist jetzt mein einziges Kind!«

Mike verzog verächtlich das Gesicht. »Ich soll jetzt als Ersatz herhalten? Das kannst du vergessen!«

»Gehen Sie zurück!«, befahl Ruth dem Reeder. Aber der stieß ihre Hand von sich, mit der sie ihn vom Geländer wegschieben wollte.

»Wie bist du dahintergekommen, dass Edgar der Deichgraf ist?«, rief Ensor aufgewühlt.

Mike lachte freudlos auf und ließ den Waffenarm sinken. »Eines Tages bin ich Edgar nachgeschlichen. Das war, kurz nachdem meine Mutter gestorben ist, weil du ihr nicht geholfen hast! Ich wollte mich Edgar zu erkennen geben. Als es dann so weit war, glaubte er mir nicht, dass ich sein Halbbruder bin. Du hast ihm nie etwas von mir erzählt, nicht wahr!«

»Und das tut mir leid!«

Mike schnaufte verächtlich. »Edgar wirkte ziemlich verstört, als er davonrannte. Ich folgte ihm unauffällig – und da habe ich beobachtet, wie er sich in einem Schuppen diese altertümlichen Kleider anzog und diese alberne Maske aufsetzte, die er in seinem Rucksack hatte. In dieser Verkleidung erschien er dann auf einem Straßenfest und fing an, dummes Zeug von sich zu geben.«

»Sentenzen … es waren Sentenzen!«, schrie Ensor schmerzgepeinigt.

»Was auch immer. Jedenfalls begriff ich, dass Edgar genauso grausam und störrisch ist wie sein Vater. Und ich beschloss, mich an euch zu rächen! Als mir dann dieser Flyer über den Straßen-künstlerwettstreit in Greetsiel in die Hände fiel und ich später den Auftrag erhielt, diese Veranstaltung zu managen, da wusste ich, dass meine Zeit der Rache gekommen war. Dein Sohn … er sollte als Mörder dastehen. Ich wollte deine Liebe zu ihm zerstören, denn wenn du mich nicht lieben kannst, sollst du ihn auch nicht lieben dürfen!«

Im selben Moment, da Mike mit entschlossener Miene die Pistole hochriss und feuerte, warf sich Ruth auf den Reeder. Während sie gemeinsam zu Boden stürzten, meinte Ruth förmlich zu spüren, wie das Projektil aus Mikes Waffe heiß über sie hinwegsengte.

Ein zweiter Schuss krachte. Aber er kam nicht, wie Ruth zuerst befürchtete, aus der Schleusenkammer, sondern von der Brücke her. Als sie hinsah, stand Hagen dort breitbeinig, seine Dienstwaffe im Anschlag.

Ein Platschen hallte aus der Schleuse herauf. Ruth rappelte sich auf, schaute nach unten zum Krabbenkutter. Der Kapitän war aus dem Führerhaus gekommen, zeigte ins Wasser. »Er ist von Bord gestürzt!«, rief er zu Ruth hinauf.

Mike tauchte mit dem Rücken voran aus dem Wasser auf. Er rührte sich nicht, traf keine Anstalten, den Kopf hochzureißen, um Atmen zu holen. Der Körper dümpelte reglos in den trägen Wellen.

»Er ist tot«, konstatierte Ruth.

Hagen ließ die Dienstwaffe sinken. »Ich hatte keine andere Wahl!«, rief er mit rauer Stimme herüber.

Ruth nickte. In diesem Moment kamen Tjado und die anderen Wettstreitteilnehmer unter der Plane hervor. »Mike wollte uns kaltblütig abknallen!«, rief Tjado Hagen zu. »Sie haben uns allen das Leben gerettet, Mann!«

*

Am nächsten Tag war Alice Bergmann wieder auf den Beinen. Eine Beule am Hinterkopf zeugte noch von ihrem Erlebnis auf dem Krabbenkutter, aber sonst war sie wohlauf.

Friedrich Ensor verbrachte die kommenden Tage gemeinsam mit den geretteten Straßenkünstlern in Greetsiel. Der Wettstreit wurde nicht fortgeführt, sein Ausrichter und die Teilnehmer hatten trotzdem eine Menge zu bereden, und so reiste keiner von ihnen frühzeitig ab. Ensor entschuldigte sich bei den Straßenkünstlern für seine üblen Manipulationen und versuchte den Kollegen seines Sohns, der leider den Freitod gewählt hatte, den Sinn seiner Sentenzen näherzubringen. Tatsächlich empfanden die Künstler schließlich Reue wegen ihres unkollegialen Verhaltens und wegen ihres unfairen Umgangs mit dem Deichgrafen.

Ruth Fasan und Hagen Reese verfolgten diese Entwicklung mit Erleichterung. Hagen berührte die Versöhnung der beiden Parteien besonders, denn sie wäre nicht zustande gekommen, wenn er bei der

Leysiel-Schleuse nicht getan hätte, was er leider zu tun keine Wahl gehabt hatte. Dass Mike Repsold tatsächlich das Feuer auf die Straßenkünstler eröffnet und sie alle umgekommen wären, wenn Hagen nicht so beherzt reagiert hätte, sagten sie alle einhellig aus, sodass der junge Kommissar im *Krummhörner Boten* am Ende sogar als Held gefeiert wurde.

ENDE

»Die Leiche im Schlick«, Band 5
Taschenbuch-ISBN: 978-3-96586-669-0
eBook-ISBN: 978-3-96586-670-6

»Die Leiche im Sieltief«, Band 6
Taschenbuch-ISBN: 978-3-96586-715-4
eBook-ISBN: 978-3-96586-716-1

»Die Leiche auf dem Gulfhof«, Band 7
Taschenbuch-ISBN: 978-3-96586-774-1
eBook-ISBN: 978-3-96586-775-8

»Die Leiche auf dem Krabbenkutter«, Band 8
Taschenbuch-ISBN: 978-3-96586-827-4
eBook-ISBN: 978-3-96586-828-1

»Die Leiche auf der Deichkrone«, Band 9
Taschenbuch-ISBN: 978-3-96586-866-3
eBook-ISBN: 978-3-96586-867-0

»Die Leiche in Greetsiel«, Band 10
Taschenbuch-ISBN: 978-3-96586-926-4
eBook-ISBN: 978-3-96586-927-1

»Die Leiche bei der Geburtstagsfeier«, Band 11
Taschenbuch-ISBN: 978-3-96586-966-0
eBook-ISBN: 978-3-96586-967-7

»Die Leiche am Greetsieler Hafen«, Band 12
Taschenbuch-ISBN: 978-3-68975-026-8
eBook-ISBN: 978-3-68975-027-5

»Die Leiche im Beifang«, Band 13
Taschenbuch-ISBN: 978-3-68975-104-3
eBook-ISBN: 978-3-68975-105-0

»Die Leiche in der Greetsieler Gracht«, Band 14
Taschenbuch-ISBN: 978-3-68975-174-6
eBook-ISBN: 978-3-68975-175-3